无花果落地的声响

亦夫 著

人民文学出版社

图书在版编目(CIP)数据

无花果落地的声响/亦夫著. —北京:人民文学出版社,2019
ISBN 978-7-02-015185-1

Ⅰ.①无… Ⅱ.①亦… Ⅲ.①长篇小说—中国—当代 Ⅳ.①I247.5

中国版本图书馆CIP数据核字(2019)第078517号

责任编辑	付如初　欧阳婧怡
装帧设计	李思安
责任校对	李晓静
责任印制	徐　冉

出版发行	人民文学出版社
社　　址	北京市朝内大街166号
邮政编码	100705
网　　址	http://www.rw-cn.com

印　　刷	三河市宏盛印务有限公司
经　　销	全国新华书店等

字　　数	146千字
开　　本	787毫米×1092毫米　1/32
印　　张	10　插页1
印　　数	1—8000
版　　次	2019年8月北京第1版
印　　次	2019年8月第1次印刷

书　　号	978-7-02-015185-1
定　　价	49.00元

如有印装质量问题,请与本社图书销售中心调换。电话:010-65233595

我正是自己灵魂的囚笼,非关他人……

——题记

一

惠子死了。

此刻,装着她遗体的棺椁正被一辆精美得有几分奢华的灵车载着,静静地行驶在车队的前列。告别式刚刚结束,真心想见或出于礼节应该来见她最后一面的人都已经散去。包括我在内,为数不多的亲戚正在送她去火葬场的路上。再过一会儿,她那具被入殓师化过浓妆后用一套精美和服包裹的尸身,就会在焚尸炉的高温中化为一缕青烟和一捧黑灰。

井上惠子是我的岳母。但这只是她在外人眼里的称谓,是被行政文书认可的社会角色。但其实我并不能确定我们之间的真正关系。就如同我以"井上正雄"这个名字生活在日本东京,但这只是我户籍、银行卡、驾驶证、护照等用物上的名字,我内心却从来不认为自己是什么"井上正雄"。这个日本名字就如同现在包裹着惠子尸身的那套华丽和服和遮掩她苍老丑陋面容的胭脂粉膏,完全掩盖了我的真正名字——罗文辉。对,我只能是罗文辉!二十几岁只身从北京东渡的时候是罗文辉,现在50出头了依然是罗文辉。

今天是1月9日,在日本属于新年刚过的正月。车队一路走街过巷地朝郊外的火葬场驶去,像生活之河中一条悄无声息却又充满心事的蛇。不少人家大门上的"贺正""迎春"之类的年帖及门松等装饰尚未撤去,到处仍残留着每年一度特有的节日气氛。我望着窗外,形形色色的一户建①、高高低低的公寓楼、小作坊、居酒屋、便利店、街道上稀稀落落的行人等,一一从我眼前缓缓划过。我内心没有一丝的悲伤,只有一种强烈的陌生感。好像这并不是我已经生活了三十多年的城市,而是初来乍到的异乡。回

---

① 日本的独立民居小别墅。

想起第一次踏上日本岛国时的情景,记忆中似乎并没有这样陌生的感觉,更多的好像只是新鲜和好奇。

桃香就坐在我身边,她是我的妻子。桃香身穿黑色礼服,这是舅妈帮她挑选的。按说母亲死了,即便是对人情显得克制而冷漠的日本人,多少也应该表现出一丝悲伤。但桃香却一直趴在窗口,脸色平静甚至带有旅行的好奇和喜悦。她嘴里不停地念念有词:"你好!""下午好!""啊,巴士到站了。""快看,好长的一条河!"……桃香所打招呼的路人,没有一个是她认识的。而让她惊讶若初见的这条河流,则是她从小就生活在其附近、早该熟悉其一草一木的隅田川。我轻轻地拍了拍她的肩,桃香回头看了看我,眼神里掠过一丝受到肯定和褒奖的小姑娘般的喜悦。

桃香懵懂而有几分单纯的眼神,让我心里泛起一丝心疼和愧疚。我想起了此刻正身在北京的儿子勉。这个正在上中学的男孩子,是我们这个关系复杂又隐秘的家庭中最具代表性的人物。只是关于他的秘密除了我之外,并无人知晓。外婆惠子年后患急病去世时,我曾经给勉打了国际长途,问他要不要回来参加葬礼,他用生硬的汉语说:"你和爷爷说吧。"便把电话递给了爷爷。我心里明知结果,但还是把这个突发事件给父亲硬着头皮讲了一遍。电话那头的父亲说:"我几年都没有见孙子了,刚回来两天,又往回叫?你这是成心要气死我和你妈呀。不回去,这事我定了。"我把结果给惠子家的亲戚说了,众人相互看了看,没有说话,但脸上都闪过一丝怪怪的表情。

惠子被推进了焚尸炉。在殡仪馆职员按下点火开关之前,我通过炉窗看了她最后一眼。她躺在那个狭窄的空间里,华丽的和服和讲究的浓妆,让她看上去栩栩如生。一恍惚间,我觉得她此刻只是佯装死相,待会儿就会忽然翻身坐起来,一面笑一面说:"装死不是件容易的事,哈哈哈,快憋死我了。"这是若干年前真实的一幕。那时我和桃香结婚不久,为了表达一个上门女婿的诚意和对岳母的尊重,我咬牙请惠子、桃香母女到家附近有名的料亭"笼月"吃了顿怀石料理。饭后散步途中,偶遇一个规模不小的公民馆内正在举行殡葬文化展。除了介绍各种各样的殡葬用品,从入殓、火化到纳骨的流程,日本各地殡葬风俗的异同外,现场还可以亲身感受入殓体验。惠子当时不顾我一脸疑惑的劝阻,兴趣满满地装了一回死人。她最终忍俊不禁地从棺材里坐起来时的样子,我觉得即将发生在下一刻……就在我恍惚的时候,一团耀眼的火光从炉内冲天而起,立即吞噬了盛装的惠子。在一旁的桃香惊慌地叫道:"妈妈,快起来,失火了。"桃香惯常的懵懂此刻点燃了生离死别的悲情,几个亲戚都开始用手绢擦拭眼角。理性让我觉得自己也应该心怀悲伤,但我没有,一丝的悲伤也没有。我所能感到的,依然是强烈的陌生。

惠子走了。这回她是彻底地离开了。与三十多年前那次在北京离别不同的是,那次我悄悄地哭了,因为希望和绝望在内心的密集交织。这次我滴泪未流,内心除了强烈的陌生感,还有一丝莫名其妙的解脱的轻松。两次离别相隔三十多年,前一次是情窦初开的少年与风姿绰约的少妇,这一次是年过半百的老男与寿终正寝的女尸。我心里乱糟糟地想着这个问题,觉得能将这两次离别串联起来的唯一共同点就是,已经在烈火里化为了灰烬的那套华美精致、永远醒目地定格在我记忆深处的和服。

从火葬场回去的路上,桃香一直在车上安睡。大约是葬仪连日的劳累已经让她筋疲力尽,此刻处于睡眠中的她完全松懈了下来。望着这个女人宛若婴儿般安静又天真无邪的睡相,我忽然觉得她不是我的妻子,而是我可怜的失去母亲的女儿,随即复杂的心情中忽然泛起一丝心疼,继而泪水就悄悄流了下来。

　　流泪于我,是一种久违的生理现象,似乎我都记不起上一次流泪是什么时候了。

二

犹豫再三之后,我最终还是决定请专业公司来清理惠子的遗物。

在别人眼里,我的这个决定肯定是会令人生疑的。花不菲的价钱请专业公司来清理亲族的遗物,多为当事人疏远家人独自居住,最后"孤独死"离世。有的甚至直到尸体腐烂而发出恶臭,才被邻人发觉。但我家情况不同:惠子一直和我们同住一幢房子。她发病虽急,但还是被急救车送到医院,最终在医院里病逝的。加上惠子一直是个喜欢整洁的女人,她的房间向来收拾得井井有条。她的遗物由作为后人的我们自己来整理,本来是天经地义的事,根本犯不上花钱去请外人。道理我自然懂,但我还是固执地我行我素了。

我们所住的一户建位于东京都墨田区的东部,是日本所谓的"下町"地带,也就是昔日平头百姓聚集的区域。小楼系惠子的公婆所建,距今已经有七八十年的历史了。惠子的公公井上秀忠是开皮革作坊的,算得上是个有钱人。在当初建这幢房子时,由于老人还健在,便让建筑公司设计成了"二世代住宅"。一栋小楼有两个独立的大门,一个门通一层,另一个则直上二楼。两层楼都有各自的厨房、卫生间和浴室,除了楼梯旁有一扇可以互相串通的小门外,完全是两套相互独立的住宅。惠子和丈夫大郎结婚时,公公的爹妈都已经去世了。公婆从二楼搬到一楼,他们小两口则住了原来公婆所住的房间。而当我入赘井上家时,不但惠子的公婆早已过世,就连她的丈夫井上大郎也在一次交通事故中意外丧生了。这近二十年来,我和桃香及儿子井上勉住在二楼,惠子则一直住在楼下。

对于母亲去世一事,桃香似乎时而明白,时而糊涂。死亡对于一个智障者而言,可能是一件难以理解的事。母亲的存在在她的理解中非常简单,就是对那具肉身的亲眼所见。惠子去世了,儿子勉又身在中国,这所原本就显得人气不旺的住宅,一下子就更显得空荡荡的。对于这一变化,桃香时时显得局促不安。她总会下意识地走下楼梯,长时间地站在连通一楼母亲房间的那扇小门旁,脸上一副不安和无助的神情。见此情景,我多次想给她解释有关惠子的状况,但一转眼却觉得或许让她真正理解死亡的含义并非明智之举,所以不等开口又作罢了。

我没有把请专业公司来清理惠子遗物的事告诉桃香。在近二十年的家庭生活中,凡事都是我和惠子商量的。现在惠子死了,一切事情都只能由我做出决定。我之所以没有亲自去整理惠子的遗物,一是受我的理性驱使,二来我觉得这也应该是惠子的愿望。长久以来,我对惠子一直怀有一种微妙的情感,虽然从未说破,但这个永远的秘密却形成了我做事的诸多禁忌。我曾无数次设想过自己亲自整理惠子遗物的情景。这种设想让我如同在设想一场充满刺激的冒险一样激动不安,因为我知道那将是一次我和惠子最私密的接触。尽管这种想法让我好几次蠢蠢欲动,但多年形成的禁忌还是让我最终放弃了。因为这种私密的接触不是双向交流,而是一种单方的偷窥。无论从我的私德和惠子的意愿考虑，理性告诉我都不应该付诸实施。

清理遗物的人员是1月17日来家里的。这天一大早，儿子勉从北京给我打电话，说是姑姑一家也来爷爷家了，大家打算中午外出吃烤鸭，晚上吃奶奶前夜就已经煮好了的腊八粥。我这才知道今天是中国的腊八节。但我选择这一天请人来清理惠子的遗物，却有别的意义：这是我和惠子人生第一次相见的日子，我也选择这一天作为永远告别的日子。于我而言，那天在火葬场与惠子肉身的道别，只是一种被动的仪式。而今天，我将主动与惠子道别，彻底道别我对她的一切不可知部分的想象，包括我坚信存在于她身上的所有秘密。

上午九点，清理公司的卡车准时开到了门口。三个身穿工作服的小伙子询问我对清理工作的要求，我说："除了家具电器、现金存折和珠宝首饰，其余一切全部清理。"其中那个本次作业的"责任者"问道："诸如书信、相册之类具有纪念意义的物品，也都不保留吗？"我坚决地说："一概不留，不必再让我确认。"

在他们清理一楼惠子房间的时间里，我一直待在楼上。桃香这天显得很安静。她在吃过早饭后，就一直坐在那张条几旁的地毯上，一边目光安详地望着窗外，一边不断地将手中一只沙漏倒过来，等沙子彻底漏完后，再倒过去，不断反复，似乎乐此不疲。玩沙漏是桃香心情舒朗的标志。自从我第一次来这个小楼做客，就看见家里摆放着各式各样的沙漏。桃香每一次将流尽的沙漏倒置过来，我都会奇怪地觉得这不是一个智障者毫无意义的习惯，而是她在向我暗示时光终会倒流的宿命。这常常会让我产生一丝莫名的不安和慌乱，觉得她其实并非一个智障的女人，而是以此掩饰真实身份的暗访者。

两个多小时后，"责任者"上楼来请我去验收。我走进惠子的住处，一层2LDK①的套间显得格外陌生：除了衣柜、酒柜、沙发、茶几等几样空无一物的家具，电视、空调、冰箱等为数不多的电器外，那些昔日的花草、挂件、饰物等一切都不复存在，屋子顿时显出一种令人不适的空旷。其实我心里清楚，这种不适更来自一种人去楼空的情绪。

"先生，这些东西都是和存折等贵重物品存在一

---

① 指房间的格局，二室一厅。

起的,像是日记和一些,一些……""责任者"指着门口的一个纸箱,神色有些尴尬地说,"您最好看看要不要保留?"

"是一些女性的私密用品,对吧?"我立即说。说这话的时候,我觉得自己心里有些阴暗,仿佛自己长久的猜测终于被坐实了一样。

"或许吧,我也说不好,您最好过目一下。"

尽管我内心充满了好奇和纠结,但理性却不由分说地让我做出了选择:"不用看了,全部带走处理掉吧。另外,这面墙上原来有幅画儿,就是那幅沙漏的画儿,麻烦重新挂回去。"

付完钱,目送清理公司的卡车驶离后,我从里面关好惠子套间的大门,打算从楼梯处的小门回到二楼。我刚要伸手,小门却自动打开了,黑魆魆的楼梯后面,站着一个女人,冷不丁地吓了我一跳。

是桃香,她愣了一下,失望地说:"我听见妈妈在说话,还以为是妈妈回来了。"

三

处理完惠子遗物后的第三天,也就是1月20日,儿子勉回到了东京。

这次他在爷爷北京的家里,整整待了一个月。学校短短两周的冬假已经结束,班主任老师藤田女士为此曾打过好几次电话。而我因为无法确定勉的归期,每次都只能说:"北京雾霾严重,勉呼吸道感染正在治疗,要看康复的时间。"其实这只是借口。真实的情况是,北京雾霾确实严重,但却对这个叫井上勉的日本少年丝毫没有影响。作为一个北京生、北京长的人,我前年回去时还嗓子发炎了一周,咽喉肿痛,说话声音嘶哑,弄得对我一向有成见的老父亲眉头紧锁,讥讽我离祖忘本,就差点叫我"汉奸"了。而勉这个一直生长在日本的少年,却具有异常强大的适应能力。我每次打电话以雾霾为由催他回来,老父亲都在电话里说:"你被外国人贬低中国的虚假宣传洗脑了,雾霾哪里有那么邪乎?我和勉勉一老一少,每天早上外出跑步、打太极拳,一个比一个精神。"

父亲自豪的声音总让我内心充满复杂的情绪。我能想象他所描绘的画面:能见度不足百米的重度雾霾之中,一老一少、一中一日的两个人,一起跑步,一起切磋太极拳,孙子用结结巴巴的汉语,向爷爷请教着问题……这个场面让我心中五味杂陈。父母属于那种在中国人眼中圆满幸福的夫妻,父亲退休前是国家机关的一名处长,母亲是个医生。两人育有一儿一女,收入丰厚稳定,住房宽敞,注定会不必操劳、安稳一生。但我却成了父亲眼中人生的最大败笔:自小性格叛逆,原本学习在班上数一数二,大学毕业后居然放弃前途一派光明的稳定工作,义无反顾地出国留学;出国就出国吧,又偏偏选择了父亲最反感的日本;学成不归,居然长期滞留海外,让父亲几乎无法指望这唯一的儿子;久拖不婚,好不容易结婚了,却娶了个日本女人,而且还是倒插门……在我父亲的眼里,我这半生,几乎给他们老罗家丢尽了脸面。唯一的安慰,就是这个被他亲昵地称为"勉勉"的日本少年,他的孙子!老父亲无奈地接受了"井上勉"这个让他曾经痛苦不堪的名字,解嘲地说:"名字不重要,不过是把猫叫成了咪咪,他终究还是我们老罗家的骨血。"

"老罗家的骨血",想到这个成为父亲心中最终安慰的理由,我心里除了无尽的痛苦和愧疚,就是总让我一想起来就感到窒息的心虚。

井上勉从小就沉默寡言。我起初以为他是因为母亲桃香的智障而自卑所致。但随着他一年年长大,事实证明这是一个错误的判断。勉不但不自卑,而且自信到了自负的地步。他所表现出来的与年龄不符的独立和冷漠,总是让我感到隐隐害怕。1月19日父亲在电话里说:"勉勉明天的机票,航班号是CA925,9点10分起飞,13点40到成田机场。"我说:"您把电话给他。"父亲说:"他出去见朋友了。"我诧异地说:"他中文就会那么三句半,短短一个月,居然有了朋友?回来您问问他,要不要我开车去机场接,让他给我来个电话。"

我一直没有等到来自勉的电话。第二天下午将近四点的时候，勉提着一只大行李箱推门而入时，我压住心中的怒火说："让你打电话确认是否需要接机，爷爷没有告诉你吗？"勉说："告诉了。没有打，不就代表着不用接吗。"我愣了一下，又说："姥姥去世了。"勉依然毫无表情地说："你忘记自己打过电话了？"

说实话，勉对我这个父亲如此的态度，虽然令我不悦，但并没有带给我什么挫败感。从他降生到现在，我一直努力给予他我概念中最完美的父爱。但今天父子关系出现这样的结局，却也在我意料之中。其中的原因只有我心里清清楚楚。

勉从中国带回了一条真丝披肩和一只固定在镀金架子中的沙漏。不用问，我都知道那条披肩是我父母买给亲家惠子的。他们虽然从未谋面，父亲尽管总是表达痛恨日本，也尽管每次为惠子捎来礼物都假以礼仪之名，但他们试图讨好惠子的心理一目了然。那只精致的沙漏才是来自儿子真正的礼物。他每走到一个地方，都会想方设法给母亲购买一只当地的沙漏或类似的计时装置。桃香对沙漏爱不释手，脸上堆满了讨好儿子的笑容。勉也给我带了礼物,是一盒两瓶装的高度白酒。说实话,我内心立刻涌起一股暖流。这种强烈的感激并不是父子间该有的,而倒像是自己长久委屈和压抑所获得的一种补偿。

我原本打算晚上带全家人到住所附近那家叫"弥助"的寿司店吃饭,给一个月没有吃日餐的勉换换口味。但却临时接到毛燕北的电话,说国内有个年轻的著名作家来东京,晚上几个朋友在池袋为其接风,让我一定参加。说实话,我虽然常年身在海外,但对国内的文学创作并不陌生,这个著名作家的名字我压根儿就没有听说过。但我却无法推辞,因为毛燕北说过:"我喊你吃饭,你还有推辞的理由?"她敢这么说,自然有她的底气。我放下电话,看看表针已经指向快六点,便赶紧穿起外套、围上围脖,从钱包里抽出两张一万日元的纸币放在茶几上,对勉说:"我晚上有个饭局,你带妈妈出去找个地方去吃饭,回头找时间再给你接风。"临走时我提上了他送我的白酒,"谢谢你啊,儿子!"

饭局在离池袋站北口不远的一家叫"吉龙"的中国料理店。池袋是住在东京的文人们最多聚餐的地区之一,中国店多,有白酒可喝。这天一桌六人为从北京来的那个笔名叫菲男的作家接风。除了毛燕北和我,还有老田、钟小兰、柳爷和吕成方。他们不是在中文报社里做事,就是闲时喜欢舞文弄墨,都是平日聚饮的熟人。除了毛燕北,大家似乎都不太明白菲男的底细,所以开始都有点拘谨。但酒一喝开,气氛就渐渐热烈起来。后来我也喝得有点上头了,迷迷糊糊记得大家开始就"菲男"这个笔名开玩笑,有说是"菲律宾爷们"的,有说是"不是爷们是娘们"的,口无遮拦,弄得客人脸上都有些挂不住了。

赶在最后一班电车前酒局散场,我乘丸之内线再转半藏门线到押上,然后叫了辆出租车,到家时已经过十二点了。我晕晕乎乎地掏出钥匙正要开门,一转脸却惊出了一身冷汗,酒劲一下子就醒了:死去的惠子的房间里居然亮着灯!

但这种惊诧只是一瞬,我很快就想起今天儿子从中国回来的事,一定是他迫不及待地要开始与我们别居了。我上到二楼,推开勉的房门,果然他的卧具和一应私物,都已经搬得干干净净。

"羽翼未丰就想飞啊,这个熊孩子!"我嘟囔一声,打着哈欠进屋睡觉去了。

四

惠子死了,近二十年来一成不变的生活表面上看不出什么变化,但却如同一道熟悉不过的菜肴忽然缺少了某种佐料,虽然看上去与原物毫无二致,但吃到嘴里却能明显察觉到那种昨是今非的全然不同。

多少年来,桃香都是町会一个半福利机构"绿之会"的成员。每周三天,"绿之会"组织其成员不是举办提高生活技巧的培训,就是参加一些类似蔬果采摘、物品分拣之类的简单劳动。不论桃香外出还是在家,我们和惠子的生活大部分都是独立的、互不干扰的。除了我有时包了饺子或做了其他中餐,会送一些给她，或者周末、纪念日和节假日相约外食，我们的关系看上去就像是邻居。但尽管如此，惠子的存在感却是不容忽略的：我会听到她外出或归宅时开门的声音，会从窗户里看到她盛装或简衣穿过庭院的背影，能隐隐约约听到她打电话时少女般开朗的嬉笑声……这一切，就是二十年来我们生活的背景音，是那道我熟悉不过的菜肴里的调味品。我原来并没有留意过它的存在，现在忽然消失了，却一下子在我的内心里形成了一个巨大的空白。

2月初的时候，一场寒流袭击了日本列岛。电视上几乎每天都是与此有关的新闻。看着北海道和东北地区大雪纷飞的镜头，我总怀疑这是日本之外的事情。东京很少下雪，积雪更是极其罕见。对于出生在中国北方的我而言，这是一个没有冬天的城市。这场据称数十年不遇的寒流，让我兴奋莫名。我渴望它能带来一场降雪，以安慰我这个北方人对冬天的怀念。但我愿望中的降雪没有到来，寒流带来的气温骤降，却让桃香病倒了。

桃香先是感冒，到附近诊所看过医生后开了些药。但三天过去，不但没有见效，反倒转成肺炎而住院了。住院的第一天，桃香在大夫为其挂水后很快睡着了。我陪在病床前,看着面色苍白、口唇发青的这个女人,曾经模模糊糊的父爱般的怜惜忽然变得比往日任何时候都强烈。我握着她的手,心里忽然一阵害怕:明明医生告诉我她在发烧,可握在我掌中的小手却冰冷冰冷的,如同来自一个死人。桃香在我的记忆中几乎没有生过病,而一个小小的感冒却莫名转成了如此严重的肺炎,这会不会是她要死去的征兆?自我入赘井上家到现在,我曾不止一次在内心阴暗地盼望桃香能够以猝死的方式远离我的……不,是我们的生活。我想象过暴病、车祸或其他的任何意外。尽管绝对没有一丝付诸行动的可能,但我甚至在想象中动过谋杀的念头……而此刻,我看着病中的桃香,想象着她有可能的死亡,忽然悲从心来,不知不觉间眼眶变得湿润起来。进门检查吊瓶的小护士看了我一眼,脸上掠过一丝无意间撞见别人隐私的尴尬和慌乱。

2月8日星期一,本来是我给汉语高级班上课的日子。但我事先就告假了。一来这天是桃香病愈出院的日子,二来适逢中国大年初一,可谓双喜临门,我自然不能把这样的时光耗在无聊的工作上。上午我先在厨房里忙了两个小时,将家宴的食材准备停当,然后开车去医院。途中,我特意去花店买了一束红玫瑰。给桃香送花,甚至刻意给女人送花,在我记忆中似乎都是第一次。桃香看见我捧着花儿走进病房,懵懂的眼神里闪过一丝喜悦:"妈妈也来接我了?"我知道她又迷糊了,也不点破,只是说:"妈妈出门了,她买了花让我带给你。"

寒流过去,气温回升。2月的东京,已经到处弥漫着浓浓的春天的气息。车子路过香取神社时,我看见小村井梅香园里的梅花已经半开。花苞满枝,密密麻麻,粉的黄的,红的白的,盛开之时俨然已指日可待。桃香彻底恢复了元气,一脸喜悦之色。她不停地东张西望,似乎这是一个她初来乍到的陌生之地,一切都让她感到新鲜和有趣。我一边开车,一边不时扭头看看她。毋庸置疑,桃香是个相当漂亮的女人。虽年过四十,但却看上去远比同龄人年轻。我想这也许是她没有常人忧愁的缘故吧。想起入院当天的情景,我对康复的桃香心中充满一种失而复得的珍惜和怜爱。结婚近二十年来,除了无奈的沉重和厌倦,我对她的怜悯和同情一直是有的,而惜爱之情似乎是在惠子去世之后,才一天比一天变得明显。但这种惜爱不是一个丈夫对妻子的,甚至不是一个男人对女人的,而更像是一个父亲对女儿的。

回到家没多久,住在不远处的三木老太太和女儿真珠就来了。她们是我特意请来一起过年的。三木老太太出生在伪满洲国,四岁才回到日本。虽然她一句中文都不会说,却有着浓厚的中国情结。在近邻中,她们一家是和我们走动最勤的日本人。三木老太太69岁,比刚刚死去的惠子小2岁。我知道她其实并不喜欢惠子,她和我们走动频繁的原因,更多因为我是个中国人。

三木母女进门后在惠子的灵位前敲磬上香行礼完毕,礼节性地给桃香说了些安慰的话,然后进入厨房,一边给我打下手,一边聊天。桃香今天的情绪很好,她像个专注的孩子一样,取出儿子从中国给她带回来的那个精致的沙漏,伏在茶几上翻过来再倒过去,不厌其烦地重复着这个简单的动作。三木老太太见此情景,忽然感慨地说道:"桃香其实是个有福之人啊。"我问她何出此言,三木老太太说:"小孩都无忧无虑的,一长大,烦恼就来了。"见我还是一脸茫然,这才告诉我说,女儿女婿前天刚刚离婚了。

尽管离婚在现代社会是司空见惯的平常事,但听到这个消息,我还是大吃了一惊。在我看来,谁都可能离婚,唯独三木的女儿女婿不可能离婚。因为多少年来,这对年轻的男女一直是我印象中琴瑟和谐的恩爱夫妻的典范。

这顿年饭我准备了四凉六热十道菜,小时候在老家过年时能记得的,如肉皮冻、卤牛肉、浇油素鸡、葱烧排骨、糖醋鱼什么的,如数上桌。三木老太太感动不已,居然连说了好几遍:"能来您家过中国新年,真的跟做梦一样。"三木女儿真珠开始时还一直强颜欢笑,但婚姻的变故显然给了她巨大的打击。饭吃到一半的时候,由于她母亲唠唠叨叨地反复说着前女婿的好处,责怪女儿在男人的婚外性事上不该太过苛责,最终导致婚姻瓦解,女儿终于忍不住和母亲发生了争论,最后失态地痛哭起来。我左哄右劝也无济于事,最终只能由着她赌气离席回家去了。三木老太太说:"别管她,把好好的日子过成这样,都是自找的。"

在三木母女发生激烈争论的过程中,桃香一语未发,她一直在自顾自地吃着满桌的美味,只是偶然抬起头来看看吵架的母女,眼神中充满好奇。

"比起正常人,她或许真的要幸福很多。"想起三木老太太刚才的话,我忽然觉得不无道理。

五

我的住所附近有两条河,一条是隅田川,一条是旧中川。距离相对较远的前者宽阔浩荡,不见首尾。而近在咫尺的后者,则像一段盲肠,止于"佐川急便"①总部左侧的一处水湾。进入2月中旬,东京的河津樱便盛开了。旧中川沿岸有成排的樱树,但都是主流品种染井吉野,河津樱只是夹杂其中的极少数。在我看来,河津樱属于典型的樱中另类:一是花期太早,冒寒而开,显得过分离群又不合时宜;二来主流樱花以花期短促、华而不实给人以虚幻浪漫之美,而

---

① 日本知名物流公司。

河津樱花期过长,而且又会结出那种不伦不类的果实……我记得有一次和毛燕北吃饭时聊到樱花,我感慨道:"我就是樱中河津,人中另类,不合时宜,所以总不招人待见。"毛燕北当时就笑了:"你哪里是樱中河津,你根本就是樱中非樱。"

2月21日是个星期日,毛燕北打电话给我:"别人送了我一瓶不错的清酒,你买些下酒的吃食,我们去旧中川边上赏樱吧。"我说:"喝酒就说喝酒的事,稀稀落落两三株破河津,也好意思说赏樱。"毛燕北说:"你可说过你是樱中河津啊,你这么说纯属自残。对了,要不要带上桃香,你自己定。"我说:"她去参加绿之会的活动了,就我一个人在家。"

我去附近酒类专卖店"河内屋"买了些迷你香肠、奶酪、鱿鱼丝等下酒的吃食,犹豫片刻后,还是加了一瓶"竹鹤"威士忌备用,然后去了河边。刚走过高尔夫练习场边上那个十字路口,我一眼就看见了坐在河边木亭下的毛燕北。她那件粉红色的外套很显眼,夹杂在同样显眼的稀稀拉拉的几株盛开的河津樱间,恍惚间就像其中低矮的一株。

这天从下午两点半开始,我和毛燕北一直以赏樱的名义在河边喝酒。毛燕北带来的是一瓶1.8升的"十四代角新原酒"。毛燕北和我一样,也是个嗜酒之人,不可能不知道这瓶酒的价钱。别人送她的也好,她自己买的也罢,没有吃独食,这让我心里涌上一丝感动。但还不等我有所表示,毛燕北就故意口吻刻薄地说:"你别瞎感动,我其实不是来喝酒,也不是来赏樱,我有事求你。"

毛燕北所说的求我之事,是希望我在她负责的《华人之声报》的文学版面上,开设一个长篇小说连载的专栏。我说:"什么你求我,这是你给我机会呀,是该我办一桌好酒好菜求你才对。"毛燕北却说:"我知道你在想什么。你那些不痛不痒的长篇小说想在我这里混稿费,门儿也没有。我要你写你的故事,真实的你的故事。虽然可以冠以小说之名,但内容必须是你的传记,我所知道你的真实经历。"

聊到正事的时候,一大瓶清酒已经快要见底。我已经有些微醺之意,便口无遮拦地说:"你我之间,早已经不是编辑和作者,而是朋友,是知己,我的经历可以和你分享,但绝无可能让大众消费。"我抓起瓶子,将剩下的酒一饮而尽,然后从袋子里拿出那瓶"竹鹤"威士忌,"咱们今天一醉方休。"毛燕北却将威士忌从我手中夺走了。她说:"你不喝酒是呆子,喝多了是疯子。今天酒到此为止,我们正经谈事。"

毋庸置疑,我是一个在众人眼中我行我素,甚至人道东我必西的人,自己做出的决定,真的可谓十头牛都拉不回来。但不得不说,只有毛燕北有让我回心转意的能力。她对我总是能蛇打七寸,每句话都能击中我的要害,让我找不到反驳的理由。她苦口婆心、头头是道地分析,说这个选题一定会在文学冷落的今天造成轰动,这轰动必然会让我自视不俗的纯文学作品获得广泛认可。这正是我长久的梦想,是我这条文学之蛇的七寸……我答应了下来,毛燕北一如既往地赢了我。

黄昏渐渐降临,毛燕北要去平井车站乘车,提议干脆一起去那里找家居酒屋,吃过晚饭再分手。我说:"不了,跟你喝酒没劲。"毛燕北笑了:"别嘴硬了,要回去给日本老婆做饭才是真的。不过,这才是好男人该有的品行,也是我总如此看重你的原因。"贫嘴两句,我们彼此分手,我看着她在暮色中走上了新平井桥。

不觉间就暮色沉沉了。不远处的东京天空树点灯了。这几日灯光轮换成了紫色,看上去格外雅致。河岸那幢高层公寓的廊灯也亮了起来,映照在旧中川的水面上,恍惚间让人觉得楼无端长高了许多。回到家里时,我意外地发现一楼和二楼都黑着灯,桃香和勉都不在家里。我给勉打了电话,他说正和妈妈在平井站那家回转寿司店吃晚饭。我说:"你怎么也不告诉我一声,这还像是一家人吗?"勉说:"先看自己的手机,然后再抱怨别人。"说完就挂了电话。我掏出手机看时,果然有来自勉的三条未读短信:"你在哪里?(15点42分)""妈妈要吃寿司……(16点)""你几点能回家?(16点15分)"

勉正处在叛逆期,我理解他对我总是带有一丝敌意的态度。但他对桃香总是像妹妹一样的悉心呵护,却让我多少有些失落甚至不愤。有时我会认为这并非因为桃香智障而给了他人照顾的理由,而是血缘使然。这样的想法,总会让我心里五味杂陈。酒意渐渐上头,我从冰箱里取了块蛋糕狼吞虎咽地吃完,没有洗漱就上床睡觉了。

这是近期我最深沉的一次睡眠。以至于夜里手机频频响起时,我都迷迷蒙蒙以为自己身在梦里。

六

大半夜一遍又一遍打来电话的,是远在北京的我的老父亲。

退休的父亲一直患有严重的失眠。他想起什么事来,会不分时间早晚随时打来电话,对此我早已习以为常。但第二天一早醒来后,我看到手机上来自父亲的十几通未接电话,还是吃了一惊。大半夜的,父亲如此执着地拨打国际长途,不可能只是想和我这个儿子聊聊天或商量生活中某些鸡毛蒜皮的事,肯定事出紧要。我赶紧给父亲打去电话,推说昨天晚上手机放在书房了,压根没有听见。父亲满腹怨气地说:"不怪你,要怪只能怪我是操心的命。"

在电话里好言好语总算让老父亲情绪安静下来,我这才问起他昨晚催命般打电话的事。父亲说:"你现在没事吧?对了,你能有什么事,我好好给你说道说道。"知子莫若父,知父当然也莫若子,我知道父亲这一"说道"能持续多久,便赶紧说:"您挂了,我给您打过去,我这边能打免费国际长途。"

父亲在电话里先是惊叹北京房价一骑绝尘地疯狂飙升,然后又不无炫耀地说,因为一所名牌大学的附中刚刚在他所住的小区落成,小区一下子成了学区房,房价短短几个月内每平米涨了两万,自己那套三居室目前已经接近千万了。我忍不住笑道:"可喜可贺啊,您一不小心就成了千万富翁。"父亲这才切入了正题:"我和你妈都是黄土埋到脖子的人了,要那么多钱何用?我昨天晚上着急上火地打电话找你,为的就是房子的事。"在父亲喋喋不休的车轱辘话中,我总算明白了事情的原委:昨天妹妹一家三口去看望父母,并请他们到附近的"大鸭梨"吃了烤鸭。这本来是件高兴的事,但善于透过现象看本质的父亲却看出了问题。最近妹妹一家来看他们的频率明显提高了,而且这一切都是从小区变为学区、房价一涨再涨后开始的。于是父亲坚定地认为,善良木讷、没有心眼的妹妹是在妹夫的唆使下来刻意讨好他们的,目的就是为了日后得到这套房子。昨天妹妹一家回去后,父亲越想越觉得自己不愧是从处级领导的位子上退下来的,就是比一般人高瞻远瞩,一招棋看三步,于是火急火燎地打电话过来,想和我商量下一步的对策……

听到这里我忍不住笑了:"别嫌我说您,您这可真是世上本无事、庸人自扰之啊。妹妹一家来看您,您倒无端生出这么多的猜忌,如果让我妹妹知道了,那该多伤人心啊。再说了,家里就我和妹妹两个孩子,我在日本,您二老百年后,房子自然就该给妹妹,人家有什么必要费此心机啊。"父亲却不容置疑地说:"给你妹妹我没有意见,但问题是最后的受益者是她和佟小安的女儿,咱们罗家的财富,为什么要让佟家人受益?这次勉勉回来,我忽然有了想法,尽管他名义上是个日本人,但身上流的是我们老罗家的血脉啊。我就是想和你商量立一份遗嘱,待我和你妈百年之后,将这套房子留给他。"

父亲的决定让我哭笑不得。我好说歹说半天,父亲固执的想法还是难以改变。口干舌燥的我只能开始吓唬他,说你如果真的立下这样的遗嘱,就会彻底得罪妹妹一家,而我远在日本,远水难解近渴,你们老两口有个头疼脑热什么的,就甭指望有人照料。在我的苦苦哀求下,老父亲总算答应暂不轻举妄动,等下次我回国时再做商量。

挂断电话,我回头却看见桃香站在身后,手里举着一个塑料盒子。她还穿着睡衣,云鬓散乱,一看就是刚从床上爬起来。

"爸爸!"桃香说,"昨天的寿司真好吃,给你带回来的,可你已经睡了。"

勉和桃香都喊我"爸爸(お父さん)",但这个称呼在夫妻之间,其实是"孩子他爸"的意思。但长久以来,我总觉得桃香这样称呼我,甚至比勉更有让我身为父亲的感觉。我从她手中接过寿司,几乎是本能地一改和父亲说话时焦灼的口吻,而是语调轻柔地说:"谢谢了。你去洗脸刷牙。早上吃这个太凉,我去煮馄饨,等会儿你去叫儿子起来吃早饭。"

周一上午我有课。一家三口吃过早饭后,儿子勉去上学,"绿之会"今天没有活动,我叮嘱桃香自己好好在家,然后也拿着包出门了。桃香也会说"您慢走"这句家人出门前必说的话,但这于她只是一种习惯,是在母亲惠子常年重复中承袭的生活规范,几乎

33　无花果落地的声响

没有任何实质性的意义。她听话地坐在客厅的茶几旁,上面摆放着我为她准备好的绘本图书、沙漏和零食。如果没有别人的打扰,她会安安静静地一直待到我再次回到家里。

路过三木家的时候,我听见她们母女正在楼上吵架。尽管两人都尽量压低声音,但隐隐约约之间,我还是听见争吵的内容依旧和最近的离婚有关。似乎因为离婚,母女俩正面临着这幢小楼无法继续居住的困境……我想起三木家那个高大帅气、温和有礼、一举一动都透着绅士风度的女婿,近期越来越强烈地对熟悉不过的生活所产生的陌生感,再一次涌上心头。

从一条弧形的弄堂穿出去,就是区福祉馆。我快到巴士站时,附近幼稚园里的一群孩子在老师的带领下,排着队迎面走了过来。小孩儿们头戴黄色小帽,手牵着手,嘴里叽叽喳喳地说着话,像一群毛茸茸的可爱的小鸟。我站到一旁,不停地向这群小家伙们摇着手,直到他们走远后,我才发现自己刚刚错过了一辆巴士。

说真的,我时不时怀疑自己可能有恋童癖。现在想想我当时一脸媚笑地站在道边,向完全沉浸在自己的世界里、根本没有心思理会我的一群小儿不断招手的样子,我自己都觉得古怪而可笑。但毋庸置疑的是,那群孩子的出现,让我当时的压抑情绪一扫而光,觉得生活中充满了纯真和美好。

七

这么多年来,我在东京的对外身份是"作家"或"自由撰稿人",其实真实的状况是无业游民。除了偶然被不明真相的机构请去做些有关文学或中日问题之类无关痛痒的讲座,就是在一些中文学校临时代课。最近这两年比较固定的工作,是教一个名义上的"高级中文班"。虽然称为班,其实只有三个学生。之所以说高级,是因为学员们的身份:安藤和彦是私立大学R大中文系系主任;荒井高志是电视台的同声翻译;而唯一的女学生古谷沙希则是有名的文学翻译家。除了周一和周五的固定时间外,他们三人如果能抽出共同的闲暇,也会临时约我上课。

说是上课,其实更像是聚会聊天:每次都在离大家相对都比较近的吉祥寺车站附近找一家咖啡馆,每人把最近工作中遇到的问题摆出来,大家一边喝咖啡,一边由我逐一进行解答。问题无非就是些对外国人而言难懂的古文、俚语和方言之类,这对我而言都是信手拈来的小菜一碟。每次交流结束,三个学员除了共同请我吃顿饭,还会每人给我一个装有一万日元、名曰"授业料"的红包。

这天课程结束后,我们一行四人就近在一家越南餐馆吃饭。由于是中午,大家没有喝酒,饭局很快就结束了。在车站分手后,安藤和荒井去了别的检票口,我和古谷是一路,同坐了JR中央线。车到御茶之水站前,古谷问我:"老师下午有事吗?如果没事,请到寒舍去坐坐。"我有些吃惊,便笑着问:"日本人可不是随便带人去家里的。古谷老师是真心邀请,还是学会了中国式的客套?"古谷说:"我最不会的就是客套。老师是中国作家,我一直在译介中国小说,我想我们有的可聊。"我说:"那我就不客气了。古谷老师不喝酒,家里一定没有存货,我买些酒您不介意吧?"古谷笑了:"老师太武断了,我不喝酒,家里却存有好酒。"有这个班,我们之间都互称老师,也许在外人眼里有几分古怪,但在我看来,这个称呼是唯一适宜的关系定位。

从御茶之水车站一号出口出来,顺一条狭窄的胡同向南步行近半小时,就到了古谷所住的那幢公寓。公寓高十二层,看上去有些古旧。古谷家在七楼,就在电梯出来的斜对面。她一边开门招呼我进去,一边说:"看看,我没有骗你吧,绝对的寒舍。"

古谷家之简陋,让我确实有些吃惊:小小的两居室不但显得很拥挤,而且陈设简陋到了可用"寒酸"一词形容的地步。两个屋子中和式的那间用作卧室,破旧的榻榻米上铺着散乱的卧具。而另一间洋式的作了书房,书架和书桌上堆满了书籍和资料,到处凌乱不堪。让我吃惊的是,都什么时代了,狭小的客厅里,居然还摆着一台21英寸的显像管电视机。我说:"我确实有些吃惊,就算在中国的城市里,这样朴素的家都不是很多见了。"古谷并不尴尬,而是一脸坦然地招呼我在餐桌前坐下,问道:"你确定要喝酒吗?我有好酒,更有好茶。"我说:"还是酒吧,好茶对我纯属浪费。"于是古谷从橱柜中拿出一瓶40度的麦烧酒"百年孤独",取了杯子给我,然后给自己沏了一杯热茶。

这个中文班是安藤组织的,他和我算是老朋友了。而在和古谷见面之前,我就知道她,因为中国当代多部有争议的先锋派文学作品,都是通过她译介到日本的。在近两年的交往中,古谷给我最深刻的印象就是两个字:讲究!这不仅表现在她精工细作的各种衣着、佩饰和大小用物上,而且更表现在她和我们吃饭时对餐厅环境、菜品质量甚至餐具水准的严格要求上。说实话,我有时对她的过分挑剔甚至有些反感。在进入这套公寓之前,我想象中的古谷的家,无所谓大小,但无论从装潢到陈设,还是从布局到细节,都应该是精致而讲究的。古谷大概看出了我的疑惑,她给我斟了一杯酒,慢条斯理地说道:"万事万物,在深入了解之前,我们看到的都是表象。但表象不是假象,而是局部的真实。不是吗?"这种学术辩论味道很浓的谈话,是典型的古谷风格。虽然有时会让人觉得累心,但比起家长里短的闲聊,我更喜欢这样的交流。

古谷的公寓地处东京闹市,但却是个闹中取静的所在,丝毫听不见外面的车马之喧。古谷是个开门见山的人,她请我来家做客,并非想泛泛地交流有关当代中国文学的感受,而是具体的一本书,那就是我二十年前在国内出版的长篇小说《原欲与毁灭》。古谷说:"我关注的兴趣点一直是中国当代有争议的文学作品,所以我最近特意从网上找来读了。今天请老师来寒舍,就是想请教您本人对《原欲与毁灭》的评价。"《原欲与毁灭》,一直是我心中之痛。当年曾畅销一时,我甚至因此被认为是从海外杀入国内文坛的一匹黑马。但该书很快就遭到主流评论界的批评,我也因此被主流文坛驱逐出局,多少年来都处在边缘地带,古谷如果能有兴趣将它译介到日本,当然是我求之不得的幸事。但我却并不想有任何王婆卖瓜之嫌,便故作淡然地说:"我不赞同作者自己评价自己的作品,既然你已经读过,自然以你的判断为准。"

这个下午近两个小时的交流,基本上都是古谷在说话。让我吃惊的是,她居然倾向于肯定对《原欲与毁灭》属于"色情读物"的定性。我对此并不认同,而辩驳又有自负之嫌,因而大多数时间都是微笑着保持了长久的沉默。尽管对古谷的观点并不认同,但她的记忆力和认真态度,却让我无法不由衷地敬佩。她能把书中的情节倒背如流,并以此来佐证自己的观点。最后我终于忍不住了,开口说道:"如你所言,也许情色描写有些过细过长,但我绝对不认可它是色情小说,你应该明白这部小说的立意和主题。"古谷毫不妥协地说:"正是你描写的失误,让庄严的人性主题淹没在了泛滥的肉欲之中。"……

正当我们掰扯的时候,门铃响了起来。古谷起身打开门,我看见一个年迈却精神矍铄的男人站在门口。古谷有些发愣,显然是出乎意料。我见状赶紧起身道:"你忙吧,我家里也有事,该回去了。"古谷板着脸将来人让进屋,然后送我到了电梯口。我说:"别送了,回去陪客人吧。"古谷却低声嘟囔道:"哪里是什么客人,是我父亲。"

穿过胡同去往车站的路上,想起古谷的话,我内心不由得有些邪恶地笑了。古谷早就说过她的父母都死了。而现在出现的这个男人如果是她父亲,不是她过去说了谎,就是今天说了谎。而古谷是个年近五十却一直单身的女人,撒这样的谎就有些意味深长了。

八

3月初,旧中川沿岸的河津樱已经满开。气温明显升高,整个冬天里隐匿不见的鱼群,又开始游弋在水面上。河边散步和慢跑的人越来越多,但人们无视河津樱的盛开。这让我想起那些在新宿、池袋、涩谷等人流滚滚的大站附近表演的街头艺人,不管如何招摇,都难以吸引匆匆行走的路人的目光。

我在《华人之声报》上的小说连载第一期见报了。题目是毛燕北定的,叫《圣徒的眼泪》。我原来的书名是《与虚无相恋》,但毛燕北立即否定了:"太虚,不够吸睛。《圣徒的眼泪》都是为了照顾你所谓品味的妥协,按我本来的意思,叫《你的眼泪不值得同情》才好。"我说:"书名我不和你争了,但拜托不要对书的内容指手画脚。"毛燕北说:"不指手画脚,但我必须驾驭大的方向。你别忘了,我给你钱,你就得给我想要的产品。"

上次在河边和毛燕北喝酒,最终领命而回后,我就如何写自己的经历颇费过一阵脑筋。但我很快就意识到自己陷入了角度的误区:我的经历与一个人戚戚相关,脱离此人,我的经历就不值一提。既然如此,我何不从这个人的角度入手?这个想法让我豁然开朗,我立即打开电脑,写下了这本书的第一句话:惠子死了。

我决定以文字的方式让惠子复活。尽管我还不能确定,惠子将会在这本书里以怎样的形象复活:是具体而真实的她?是我幻想中的她?还是半真实半虚幻的她?我不知道,因为回想往事,惠子在我生命中的存在,似乎一直就是这种无法确定的状态。

惠子死去已经两个多月了。一个亲人亡故对家庭带来的变化,按理应该在时光的流逝中逐渐消失。但惠子的死亡却恰恰相反,她离去所带来的变化,却如同一粒种子一样,在这个春暖花开的季节里,一天天膨胀、发芽和长大。这种变化带给我最明显、最强烈的感受，就是一种空，一种虚无。而这种空和虚无却是一种实实在在的存在，它并非来自我的内心，而是从一楼惠子的居所开始弥漫开来，像看不见却有形的实体一样，挤占着这幢房子的空间，让我在原本更加空旷的家里一天比一天感到拥挤。我有时甚至觉得，惠子去世后我和桃香之间变得越来越亲近，就是源于被这种空和虚无拥挤的结果。

桃香对丧母一事的反应，却和我截然不同。她本来对死亡就没有什么痛切的认识，而惠子健在时形成的生活惯性，在新的变化中很快就被她遗忘了。她甚至因祸得福，因为惠子的突然离去，无论是出于对桃香的愧疚还是为了代惠子尽责，我内心对桃香一天比一天变得亲近和细心，这是结婚近二十年来从来未曾有过的感觉。

与桃香相亲相爱，是惠子对我最大的期望。在过去漫长的岁月中，她一直都在为此努力。虽然我一直表面上对桃香确实也爱护有加，但内心从来都没有过这种亲人般的感觉。现在惠子死了，这种亲近感却不请自来。

《圣徒的眼泪》连载第一期是从一个上门女婿对刚刚死去的岳母的遗物清理开始的。惠子那箱连同日记在内的私密之物,我在万般纠结中让清理公司的人带走了,但对其内容的想象,我却一天都没有终止过。而在小说里,它被那个上门女婿私自留了下来……毛燕北接到稿子时打来电话,兴奋地说:"开头不错,有悬念,那只箱子不要写成百宝箱,要写成潘多拉盒子,我打赌这部小说会万众瞩目的。"

是否会万众瞩目我无法预料,但见报的第二天,这篇连载引起了我儿子勉的瞩目,却是不争的事实。

这天上午,我开车带桃香去了一趟葛西的Home Centre。自从惠子去世后,家里原来养的那些花儿,尽管桃香浇水修剪侍弄如初,但却接二连三地枯死了。我不知其故,但总觉得与弥漫在这幢房子里的空和虚无有关。养殖花木,是桃香从母亲手里承袭的最为完整的生活技巧。惠子亡故,我没有从桃香身上看到什么悲伤,倒是那一盆盆、一株株枯死的花草,让她这段时间闷闷不乐、愁容满脸。在Home Centre花木卖场,兴高采烈的桃香买了二十三盆各式花草,一个不多、一个不少地将家里枯死的植物全部更新了一遍。桃香是个智障的女人,但她在某些方面表现出来的天赋,常常让我这个正常人都忍不住惊叹。我将车子后排座椅放倒,才勉强将所购花草装了进去。

刚回到家,还不等车子停稳,一楼的大门就猛地打开,儿子勉怒气冲冲地快步走出来,没头没脑地冲着我嚷嚷道:"你为什么要这样做?告诉我一个理由。"处在叛逆期的这个毛头小子,虽然总是对我扭头裂颈、倨傲不恭,但一般只限于态度,从来也不敢像现在这样气势汹汹地大声叫嚷。我一边开门下了车,一边一头雾水地问:"别急别急,说说看,什么事情让你这样失态?"勉将手中一份报纸"啪"地掷在地上,有些气急败坏地说:"你不能为了赚钱,就这样丑化我的外婆!"我看了一眼地上的《华人之声报》,这才明白他怒从何来。我不由得笑了:"编辑说这部书要火,看来所言不虚啊。"

我和勉在一楼的客厅里平心静气地做了一次长谈。我告诉他说:"第一这是小说连载,既然是小说连载,读者就不会对号入座。二来中文报纸的发行范围有限,连你都只能勉强看懂,更不必说你圈子里的朋友了,所以不必担心会影响到你。第三你父亲我是个严肃的作家,所有的写作都不会用出卖灵魂的文字换钱花。"但勉却反驳说:"第一,虽然美其名曰是小说,但却用的是外婆的真名真姓。外婆去世的时间地点,也都完全与事实一样。你越虚构,就越是给我死去的外婆泼脏水。第二,这次回京,爷爷告诉我你在中国还是有些影响,而我可能高中之后去北京留学,你说会不会对我造成影响?第三,你过去的书就是被当成色情读物查禁的,我对你所说的严肃写作保留看法……"我和勉谁也没能说服谁,最多算是打了个平手。看着这个依然神色愤然的少年,我有些疲倦地用打岔结束了谈话:"光顾着说话了,你妈妈买的花草还在车里呢。"说罢我就逃一般地出去了。

车里的花草早已经被桃香全部搬下了车。那些枯死的花草已经被她连根拔出,齐刷刷地在院子里摆了一溜。不知为何,这让我又想起了死去的惠子。

九

与中国北方相比,东京在我眼里,是一个四季不甚分明的城市,尤其他的冬天可以说是缺失的。旅居此地近三十年,很少见东京下雪,今年这个冬天,更是连一片雪花都没有落过。到了三月中旬,气温已经高得有了一丝燥热的感觉。早花河津樱已经败落,小村井梅园里数十种梅花正在怒放,而无处不在的染井吉野也已是花苞累累,每年一度的盛大的"花见"期已经指日可待了。

这段时间,为了缓和与儿子的关系,也为了让勉对我连载中的小说不再心怀抱怨、说三道四,我不但事事都顺着他,甚至当他喜欢的一个美国歌手组合来东京巨蛋(Tokyo Dome)演出时,我不无讨好之意地主动花数万日元为他买了门票。但尽管如此,当他三月中旬的一天向我提出希望请爷爷奶奶来日本看樱花时,我还是犹豫了:"这事容我想想再说。"

来日本近三十年了,我的父母却一次都没有到过这个近在咫尺的异邦。父亲对这个国家怀有敌意,这份敌意因为当年我固执来日本留学而成为我们父子之间深深的隔阂。我赴日的前一天晚上,父亲走进我的房间。我以为他要做最后挽留的努力,但他只是沉默地站了片刻,又反身出去了……若干年后,当我和父亲的关系开始出现缓和迹象的时候,父亲告诉我说,那天晚上他本来是想宣布和我断绝父子关系的,但实在心有不忍,到嘴边的话最终咽了回去。

这么多年来,我人生的所有决定,都如同来日本留学一样先斩后奏,对父母只是事后告知。这包括我毕业后滞留不归、我和桃香的婚事、我的身份从中国人罗文辉变成日本人井上正雄……我太了解父亲了,选择先斩后奏比事先协商有效而安全。否则的话,结果只能如我父亲所言:"罗家的先人都被你从祖坟里羞辱哭了。"

我和父亲关系缓和的转折,发生在勉出生那年。在此之前,尽管我也回国去看望父母,但我和父亲就如同各怀鬼胎的一双对手,除了鸡毛蒜皮和家长里短,谁也不愿触及对方的内心。勉出生的那天,我在纠结再三后,还是给父亲打了越洋电话。父亲那一次在沉默片刻后,声音哽咽地说:"你总算做了一件不辜负我的事情。"从那天起,我明显感觉我们父子之间的关系开始解冻了。

从第一次踏上日本这个岛国开始,我就曾萌生过请父母尤其是父亲到此一游的念头。我觉得眼见为实可以消除父亲的成见,从而形成相对客观的认识。但过去的数次提议,都被父亲毫无商量余地地拒绝了。他甚至放出狠话说:"让我去那个罪恶之国?哼,除非把我装在骨灰盒里。"对于勉提出邀请爷爷奶奶来日本赏樱一事,我之所以没有爽快地答应,一来基于此因,二来我根本不想让父母见到桃香,因为我对他们一直隐瞒了桃香的具体状况。直到现在,桃香在父母的眼里,是一个受过高等教育、家教良好、温婉雅致且美貌端庄的日本女人。他们对桃香的所有认识,都来自我寄回家的那张我和桃香的结婚照。

这天,勉又来找我谈请爷爷奶奶来东京赏樱的事。我有些烦躁地说:"你倒挺会来事啊,爷爷说安排你去北京留学,你就这样讨好他。我养你十几年了,也没见你体贴过我一回。这事不是我不同意,是你爷爷有言在先,这一辈子到死他都不会来日本的。"勉说:"只要你同意,说服爷爷来日本的事,包在我身上。"我被将了一军,只好说:"你爷爷是我爹,他要同意来,我倒是要谢谢你了。"

令我万万没有想到的是,当天晚上我就接到了父亲的电话:"我虽然还是一如既往地反感日本,但孙子邀请我们去看樱花,我不能驳他的面子啊。办手续需要我们准备什么,你随时通知我一声。"我在吃惊之余,差点说:"你不是说要来日本,除非把你装在骨灰盒里吗?"但脱口而出的话却变成了"典型的隔代亲啊,我过去请您多少回了,您从来就没有给我过面子"。

天气越来越暖和了,空气中到处弥漫着草木生长所散发出来的清香。在我看来,这是自然界荷尔蒙的气息,就如同青春期的勉身上所散发出来的那种特殊的气息一样。在往年的这个季节里,我总是会精力旺盛,兴奋莫名。我的许多作品,也都是在这个季节完成的。但惠子的突然死亡,却让我总觉得一切都变得昨是今非。惠子的肉身在焚尸炉里化为了一缕青烟,我总怀疑这缕青烟并没有烟消云散,而是回到了这幢房子里,化为了我随时可感的空与虚无。在这个季节里,外面的气温越来越高,而这幢一户建里的每一处角落,却都变得昏暗阴冷。我觉得这并非只是我的心理作用,能形成佐证的另一件事是,家里所养的花草总是莫名地枯死。买一茬死一茬,再买再死,如同无法摆脱的宿命。有一次我试探性地把自己的怀疑告诉了勉,他却闷声闷气地说:"是我妈养花的技术没有学到位而已,如果是我外婆的幽灵作祟,死的恐怕就不是花草了。"

3月21日是周一,中文班惯例有课。早饭后我出门,路过三木家的楼下时,又听见了三木母女激烈的争吵。我当时还在心里暗自感叹:"不就是离婚吗,为这点事吵吵闹闹,何时是尽头啊。"我当时万万没有想到,当天就成了尽头。上午课程结束,我们互称老师的师生四人吃了一顿韩国烧肉。分手时,我没有选择直接坐电车回家,而是搭安藤教授的顺风车去了新宿。我在"纪伊国书屋"选购了几本新出的日本小说,等回到住处时,已经快下午四点了。从社会福祉馆旁的小胡同进去,眼前的情形让我大吃一惊:三木家的那幢小楼居然在一场大火中被彻底烧毁了!在坍塌的废墟上,只有几根烧成了炭状的柱子横七竖八地支撑在那里。现场周围污水横流,一片狼藉。废墟中仍然冒着一缕缕白烟,不知是余烬未熄还是救火时形成的水汽……

在晚上的电视新闻里,我又一次看到了下午亲眼所见的画面。新闻报道的内容简单而客观:墨田区一幢民宅失火,120平方米的建筑全烧。住在此处的一对母女,女儿小泽真珠(42岁)死亡,母亲三木由直(69岁)轻伤送医。火灾原因还在进一步调查中……

我这才知道,三木家那个帅气儒雅、身为会社社长的前女婿,原来是姓小泽。

十

　　住宅全毁并伴有人员伤亡的失火事件,在日本电视新闻中几乎每天都可看到。抑或是司空见惯,抑或是日本人素来"事不关己,高高挂起"的普遍心态,三木家失火一事,就如同投向旧中川的一粒石子,一阵涟漪过后,水面很快就复归平静,根本就无人再提起了。但这件事在我心里却总也放不下。对此,我给出的理由是三木老太太是我的近邻且相交甚密,又酷爱中国,我不能对她的不幸漠不关心。但我心里明白,自己的关心其实更多出自好奇:对失火原因和细节的好奇;对三木老太太现状的好奇;对那个曾经的女婿对火灾反应的好奇……

通过查询,我得知在火灾中受伤的三木被送到了离锦系町车站不远的墨东病院,便在火灾后的第三天,买了一束鲜花前去探视她。一路上,我都在想象老太太的样子,甚至担心她可能会因伤情太重而无法交谈。不料到了住院部却查无此人,后来经过打听才知道,三木老太太只是吸入烟尘,呼吸道轻度灼伤,当天处理后就离开病院了。三木的家烧毁了,而我又不知道她别的居所,比邻而居多年的一个人,居然像擦肩而过的陌路人一样,就这样消失在了茫茫人海中。

在这个春天里,我觉得有一种变化开始在桃香身上显现。

桃香天生智障,据说与惠子年轻时酗酒有关。这是一次聚会中惠子的闺蜜酒后无意间说出的。开始我根本不信,因为自从我认识惠子开始,她不但从来都是滴酒不沾,而且对别人饮酒也异常反感。她曾对我说:"除了爱喝酒,你别的毛病都不是毛病。"但正是惠子对喝酒过于极端的态度,又让我相信其闺蜜或许所言非虚。一朝被蛇咬十年怕井绳,可能就是因为深受酒精之伤,才会对饮酒有如此强烈的反应。再说了,惠子的年轻时代于我是一段空白,是被她似乎刻意隐藏的一段空白,所以一切皆有可能。

多少年来,虽然桃香像个永远长不大的孩子,但她的身体状况似乎一直与季节有关。春夏之季,她的情绪会随着气温的升高而活跃亢奋,表现为好奇心加重、语速加快且话多。秋冬之季,则会随着气温的降低而渐渐沉静下来,寡言少语,若有所思,总会给人一种突然变得成熟不少的假象。但惠子死去的这个春天,一种不同于昔日的变化明显地出现在桃香的身上:面对花红草绿、莺歌燕舞的春天,她不但没有像过去那样表现出一惊一乍式的喜悦和兴奋,反而整日闭门不出,沉默不语地发呆或低头做事。小村井梅香园举办一年一度盛大"梅花祭"的那天,我提议带她去看看热闹,一向顺从的桃香却说:"我自己的花儿都死了,还有心思去看别人的?"我当时吃了一惊,因为在我看来,这基本上属于一个心智正常的人才会有的反应。我看着桃香,她过去单纯却空洞无物的眼神里,似乎真的多了一些内容。

另一件事,也佐证了发生在桃香身上的变化:过去桃香做任何事的风格,都是一条路走到黑,没有别人的引导,她从来都不会自作主张地改变。惠子死后,家里的花草总是莫名枯死,我带着桃香去葛西

Home Centre买了一批又一批,却还是重蹈覆辙。我觉得桃香会这么一直尝试下去。不料当第四批花草再一次全部枯死后,桃香若有所思地对我说:"不用去买了,这个家再也养不活花草了。"她说此话的表情没有了昔日孩童般的稚嫩,完全像一个颇有主见的心智健全的成人。

"四十多年的顽疾,难道说好就能好了?"我越是这样问自己,就越怀疑家里的一切变化,都与死去的惠子有关。

认识我的人,几乎众口一词地说我是个无神论者。因为我从不拜佛祈愿,也不信因果报应,属于胆大妄为、刀枪不入的一类。其实这是众人的误判。我恰恰是个愿意相信鬼神存在的人,只是我对鬼神的认识与众人不同。在我眼里,被普通大众神秘化了的鬼神,只不过是客观存在却在眼下还无法确证的灵魂而已。就像我非常愿意相信惠子的灵魂依旧流连在这幢房子里,却又同样无法确证一样。

即便在《圣徒的眼泪》的写作过程中,我可以让惠子通过文字复活,与我对话交流,给我透露她曾刻意隐藏的秘密,让我分享她的人生经验和感悟。但那个复活了的惠子却既不是惠子本身完全真实的再现,也不是可能迄今还与我们共处的惠子的灵魂,而是一个被我的想象肆意修正过的惠子。在写小说中那个上门女婿整理死去岳母的遗物时,笔墨的重点是在一根多功能电动自慰棒上。我当时陷入对这个遗物曾经出现的场景丰富想象的时候,心里忽然闪过了一个念头:如果此刻惠子的灵魂依旧安住在这所房子里,她伏在我肩头阅读我写下的这些文字,会是怎样的表情和心绪?这个想象中人鬼共存的画面,并没有让我感到丝毫害怕,却引发了我深刻的自责和内疚。

3月24日,就在我去墨东病院探望三木老太太未果的那天晚上,我接到安藤教授打来的电话,说是因为古谷沙希临时有事,明天的课程取消了。安藤说:"古谷提议课程继续,听她的口吻似乎得好长一段时间不能参加了。但我觉得本来人就少,为两个人让老师您来回折腾,就不值得了,还是等她忙完自己的事再开始吧。"我最近因为心思都在连载小说的写作上,正在为这些分心的事发愁,听罢连忙顺水推舟地说:"我倒没有关系。不过这样也好,大家把问题发到我邮箱,随时解答效果也一样。"

想起上次去古谷家里时的情形,我猜想这个单身了大半辈子的女人,大概与那个苍老的男人陷入爱情了。他们之间故作神秘却又别别扭扭的样子,让我觉得这是一种不同于常人的古怪的爱情。

就在我打电话的时候,桃香做了一件在我看来不可思议的事:她将那些收藏并把玩多年的形形色色的沙漏都收拢起来,统统装进了一个闲置的旅行箱,然后到一楼将挂在客厅的那幅画着一只巨大沙漏的画儿摘了下来,挂在了二楼的南墙上。她目不转睛地望着那幅画儿,自言自语地说:"只有画上的沙子是永远都流不完的。"

我迷惑地看了一眼让我感觉既熟悉又陌生的桃香,再看墙上的画时,那只沙漏里的沙子分明在连绵不绝如缕地流淌着,甚至我似乎都听见了那隐隐约约的沙沙声。

十一

父母来日本的机票已订好,是3月30日。

日期和航班号是勉告诉我的,主要是通知我开车去接机。父母来日的一切手续,勉都自告奋勇地承担了下来,从准备各种材料到跑使馆和入国管理局,几乎没有让我费任何心思。远在北京的父亲不知是为了避免他当年所发毒誓的尴尬,还是为了表明这次赴日纯粹是因为孙子的邀请而与我无关,也都是与勉单线联系,仿佛我这个儿子根本不存在一样。我觉得自己看透了老头儿的心理,刚好也懒得参与,所以当勉告诉我航班号之后,我才给父亲打了个电话:"真快啊,没想到办得这么顺利,到时候我去机场接您和我妈。"父亲明显话有所指地说:"事情顺利不顺利,就看用不用心!有这么个好孙子,想不顺利都难。"

当天下午我和勉一起去的机场。我本来想让桃香也同去,以免父亲挑理,但想想还是作罢了。在回城的路上,坐在后排的勉一路上都在跟爷爷奶奶说话,讲沿途碰到的著名建筑,讲日本人的习俗,讲樱花的种类,喋喋不休。我原来一直认为勉的中文也就是勉勉强强能做简单的沟通,没想到他居然能说得如此流利。父亲一直在和勉说话,而母亲一路几乎保持着沉默。我默默地开着车,忽然觉得自己就如同一个计程车司机,与坐在后排的乘客没有任何关系。

这个季节里,关东地区的樱花已经接近满开的状态了。从成田机场一路驶向都内,沿途的田野、道路、河堤、寺院或人家的院落里,到处可见繁花压枝的樱树,或单株独立,或数棵相伴,或大片成林,各有其妙。"仙云昨夜坠庭柯,化作蹁跹万玉娥",樱花让冰冷忙碌的东京显出一种难得的娇妩,无时无刻不唤起我内心已经久违的柔情。我不由得又想起了初见惠子时的情景,在那个寒冷的冬天里,身着和服的少妇惠子,让我长期从图片上、视频里对这个樱花之国的印象,一瞬间就变得鲜活和具象。

父母与桃香相见,一直是我最大的担心。我人生的一系列选择,在父亲眼里都是忤逆之举,而如果知道日本儿媳是个智障女人,让他老脸蒙羞一定是不贰的结果。我甚至想我们父子之间爆发一场冲突都在所难免。但结局却出人意料:桃香不会讲中文,她的寡言,父亲觉得当然是在情理之中;桃香孩子式的单纯的眼神和微笑,让父亲理解为是对公婆到来的喜悦和欢迎;桃香即便说出不合常理的话来,也会被我翻译为父亲所乐于接受的意思……当天晚上,我们请父母去"铫子丸"龟户店吃回转寿司时,我让桃香主动给父母盛鱼汤、选寿司时,我从父亲惯常古板的老脸上,竟然看到了一丝受宠若惊的表情。

近在咫尺的旧中川两岸的樱花也已经盛开了。每天都有成群结队的赏花人流连忘返,在树下铺起垫子饮酒作乐的人也随处可见。父亲安顿下来后,尽管每天都会在勉的陪伴下,去河边走上一圈,但这里毕竟不是所谓的樱花"名所",所以4月3日我还是决定带父母去上野公园做一次真正的赏樱之行。之所以选择这一天,除了因为是周末,更主要的原因是这天桃香要去参加"绿之会"的活动,而儿子勉要去参加一个同学的生日聚会。我告诉父亲这个决定时,他居然说:"勉勉有事,咱们就换个时间吧。樱花花期再短,也不是一两天说落就能落光的。再说了,我主要是来看孙子的,樱花看不看都不是什么要紧事。"我苦笑着说:"看樱花只是个由头,我是想单独陪陪你们。"父亲板着脸还想说呛人的话,却被母亲扯扯衣襟制止了。我装作没看见,硬着头皮又说了些甜言蜜语,总算让这个倔老头点头应允了。

上野公园里赏樱的人比肩继踵,树下的道路都被密密麻麻的垫子占据着,上面坐满了饮酒作乐的人。我和父母随着人流缓缓前行。父亲抱怨说:"挤得像赶集似的,这哪里是赏花,分明是看人。"我笑着说:"住处清静,您说人少得连个鬼都见不着。这里人多了,又抱怨太挤。您之所以事事不满,主要是对日本有偏见。"父亲没有说话,母亲却在边上说:"你爸是嘴上一套,心里一套,这几天背地里尽夸日本了,什么干净啊,整洁啊,人有礼貌啊,守秩序啊,就没说过一句日本的不好。那天在河边遛弯,看见河里到处是肥嘟嘟的鱼……"母亲话还没有说完,却被父亲吹胡子瞪眼地打断了:"妇人嚼舌,我什么时候夸小日本了？如果不是为了看孙子，就是说破大天我也不会来这里。"我怕他们两人吵起来，赶紧打圆场道："反正又不长住，就是体验一下，好坏都跟您没有关系。"

转了一圈，很快就到了午饭时间。我跟父母说："最近日餐吃腻了吧？附近有家叫'真巴石'的重庆火锅店，是我一个中国朋友开的，中午去这家吃怎么样？"看到还有些气鼓鼓的父亲不置可否，我只能自作主张："那就这么定了。全日本我不敢说，但在东京，'真巴石'绝对是最地道的重庆火锅。"等进到店里，却发现客满为患，找不到一张空闲的桌子。

就在我四处找位子的时候，忽然有人拍了拍我的肩："井上先生，好久不见啊。"我转过头看时，却见是三木家那位高大帅气的前女婿！他姓什么来着？对了，小泽！这是前几天因为他家失火，我才在电视新闻里知道的。

"小泽先生，真巧啊，在这里偶遇……唉，你家里发生的变故，真是让人遗憾啊！"我有些笨嘴拙舌地说。

"是福不是祸，是祸躲不过。凡事都得看开点，否则累心也累死了。"小泽脸上看不到一丝悲伤或懊恼，而是一如既往地儒雅和温和。他说,"我们刚好结束了,你这里坐吧。"我这才注意到和他共同进餐的,是一位年龄看上去也就二十出头、面容姣好的姑娘。此刻她正收拾了外套和手包,站起来向我微笑着点头致意。

小泽二人和我道别后,就出了店门。我安顿父母坐好,忽然想起什么似的追了出去。我叫住正在路边拦出租车的小泽,问他道:"忘了问你一件事,三木老太太伤情如何了?我曾去墨东病院看望,却被告知没有住院,当天就离开了。你知道她现在住在什么地方吗?"小泽有些吃惊地说:"你没有看昨天的新闻啊?她涉嫌保险金诈骗,被逮捕了。"

我大吃一惊,连忙细问详情时,小泽却变得语焉不详,他说:"我也是从电视新闻上看到的,具体情况我也不清楚。不过如果她被放出来,你可以到'快乐之家'去找她。"看我一脸疑惑的样子,他又说:"'快乐之家'不知道吗?就是离奥林匹克商场不远的那家老人院!"

载着小泽和那个漂亮姑娘的出租车绝尘而去,我还是怔怔地在原地站了半天。

十二

父母初次日本之行,总共待了17天。4月16日的返程票是当初就买好的,因为4月18日父亲原单位要组织离退休人员去九寨沟春游。父亲来之前,我觉得这半个月的时间将让他度日如年,为此我还特意让毛燕北为我在《华人之声报》报社申请了可以看中文电视的机顶盒。事实证明我低估了这位老处长的适应能力:父亲虽然在我面前处处把日本社会批驳得一无是处,但却毫无障碍地适应了客居他乡的生活,甚至过得如鱼得水。我安排老两口和勉住在一楼,这样除了一起出游、一起吃饭之外,都是他们爷孙待在一起,和我简直就像是互不相干的邻居。有时晚上我觉得过意不去,便刻意独自或带着桃香下到一楼,打算陪父母唠唠家常。结果几次都被父亲轰了出来:"哎呀,你们去忙你们的,别下来捣乱,我们跟勉勉聊得正来劲。"

看到这一幕,我心中对这个世界的那种陌生感又强烈了几分。

父亲如期回国,可以说是被我强行轰走的。尽管我内心也充满了强烈的愧疚,觉得自己实属不孝之子,但我却承受不了因父母到来所带给我的心理影响:原本总是充满死亡般寂静的楼下,无论白天黑夜,都传来大嗓门的父亲高谈阔论或朗声大笑的声音。这声音不但不让我感到亲切和踏实,反而无比刺耳,总让我心烦意乱。惠子死后,那种宣示她存在、起码是在我心理上存在的空和虚无,时时刻刻都会出现在这幢房子的每一个角落。它是以静默的方式存在的,甚至生活的杂音都被它遮蔽掉了。但父母的到来,如同一道强光照进了一片我熟悉的黑暗之中,耀眼得让我一时难以适应。父亲的喧哗摧毁了这个家里的那份既让我不安又让我痴迷的静默。我觉得宣示惠子存在的那种空和虚无,像暴露在高温下的雾气一样,正在痛苦而无奈地散去。或许是心理暗示的作用,有天晚上,死去的惠子清晰地出现在我的梦境里,她从始至终都一直在默默地流泪。我着急地问她到底出了什么事,她却始终一语不发……我一急,就从梦中醒了过来。就在同时,一楼父亲和勉高谈阔论的声音传进了我的耳朵,在安静的夜里显得异常刺耳……

原定半个多月的行程,父亲显然觉得意犹未尽。4月15日晚,我在料亭"笼月"请父母吃饭,算是郑重其事地为他们饯行。在整个用餐过程中,父亲犹豫不决、欲言又止的表情都被我看在眼里,但我故意视而不见。后来父亲终于故作漫不经心地说:"其实,18号单位组织春游的事,也没什么意思。我出差时去九寨沟,都不下十次了。"我立即说:"老爸,这可不好,您不是一般群众,出尔反尔会让人说闲话的。再说了,您去过多次,我妈却一次都没去过,您该陪着她好好去游玩才是。"父亲没有反驳,但直到饭局结束,都很少说话,不悦之色明显挂在那张老脸上。

4月18日一早,是勉送爷爷奶奶坐京成线电车去的成田机场。大前天晚上饭后,父亲告诉我这个决定时,虽然我觉得他是像个小孩一样在赌气,但心里还是非常愧疚,我知道父亲对我又增添了一份失望和埋怨。但我们父子向来都不是会向对方说软话的人。我没有坚持开车去送,而是顺水推舟地说:"那也好,一来你们爷孙路上能再说说话,二来坐电车也是一种感觉不同的体验。"

勉带着爷爷奶奶出门后,我赶紧把最近抽空新写的一章小说连载发到了毛燕北的电子邮箱。不料很快就接到了她打来的电话:"稿子收到了。给你打电话,是想告诉你两个好消息。第一个是,连载刚刚三期,就已经有人上门来谈独家冠名的事了。如果此事定下来,稿酬的数额我根据情况重新向报社申请。另一件事你已经知道了吧?就是菲男写你的那篇文章。"我满腹疑惑地问:"菲男?什么写我的文章啊?最近我父母来日本了,我忙得快找不着北了,哪里还顾得上别的事。"毛燕北说:"你就别装贵人多忘事了。菲男,上次一起喝酒的那个北京作家,他写了篇你的文章,许多网站都转了,你上网看看。"我说:"你拿我寻开心是吧?就喝顿酒的交情,人家犯得上费这劲。如果确有其事,也是他奉了你毛大编辑之命。"毛燕北不置可否地笑了:"反正是好事,你如果声名鹊起,我还指望这本连载以后变成畅销书挣大钱呢。哎,对了,你父母终于肯来日本了?哪天我做

69　无花果落地的声响

东请老人吃顿饭吧,咱们也有些日子没聚了。"我说:"今天已经回北京了,跟住监狱似的,怎么留也留不住。"

挂了电话,我刚打算打开电脑上网看看,却听见隔壁卧室里传来"咔嚓"一声巨响,随后桃香惊恐地叫了起来。我赶紧跑过去看,原来是放在立柜上的那只大花瓶不知何故掉了下来,在地上摔得粉碎。而桃香像个受到惊吓的孩子,一脸惊恐地站在一边,握着一团毛线的手明显地哆嗦个不停。

"好了好了,没关系,碎就碎了。"我赶紧一边柔声细语地安慰桃香,一边取来笤帚和簸箕收拾满地的玻璃碴子。我有些好奇地问道:"桃香,你怎么会碰到这么高的花瓶,是要找什么东西吗?"桃香说:"爸爸,不是我,是它!"我吓了一跳,顺着她手指的方向看去,才发现立柜上面的另一端,赫然站着一只体型硕大、毛色纯黑的野良猫,正用一双阴沉的眼睛盯着我看。我向它挥了挥手中的笤帚,黑猫却一动不动。"反了反了,畜生居然成精了。"我愤怒地将笤帚向它打了过去,黑猫这才"喵"地叫了一声,"嗖"地从半开的窗户里跳到外面去了。

收拾完毕,我安慰了桃香几句,然后回书房打开了电脑。我很快搜到了毛燕北所说的那篇文章《美酒需久酿,大器终晚成》,粗粗看了一遍,果然不出我所料,文章虽然署名菲男,但口吻和所用的素材一看就出自毛燕北。读着文章,我心中不由得涌上对毛燕北强烈的感激之情。我感激毛燕北,不是因为她不遗余力地为我摇旗呐喊,而是在她的心目中,我真的是一个怀才不遇、品行高尚的罕见君子。我在感激的同时,心里更多的却是不安和羞愧,因为我知道那只是她看到的假象。

关掉电脑,我内心的不安不但没有消减,反而越来越变得强烈。我总觉得有一双眼睛正在看着我,看着我的虚伪、狡诈和不动声色的残忍……我忽然想起了刚才那只突然打碎花瓶的黑猫,它当时看着我的眼神似乎就充满了这样的意味。

十三

我没有亲眼见过即开即败的昙花,但樱花在我心目中是另一种昙花,只是它远比昙花高调和壮烈。多在夜间开放的昙花是羞于示人的,而决意"死于至美"的樱花则极尽招摇之能事。在这个短暂而热烈的季节里,东京这个在我眼里向来匆忙而冷漠的城市,像一部正常放映的黑白片忽然镜头一转,变成了插播其中的一则彩色广告:人们似乎顿悟了人生苦短的道理,纷纷扔下手中的工作,忘记生活的恩怨,欢聚于繁花之下,饮酒歌舞,纵情作乐。"十日樱花作意开,绕花岂惜日千回?"一个个原本循规蹈矩、不苟言笑的东京人,忽然都变成了敏感多情的花痴,流连花前,百感交集……但短暂的花期几乎瞬间就结束了,东京这座别人的城市,像被一道强烈的霓虹灯照过之后,顷刻间又恢复了它的灰暗、陌生和冰冷。

父母半个多月的到访,对于我的生活而言,也如同忽然被置于一道强光短暂的照射之下,变得面目全非,让我一时无所适从。好在父亲在我不容置疑的态度之下如期回国了,生活又恢复了原本的样子。在日复一日死亡一般的寂静之中,我重新感受到了惠子的存在,感受到了那种空与虚无对这幢房子里每处空间的重新占据。我惊讶地发现,惠子死后弥漫在生活中的阴影,让我在倍感压抑的同时,却又充满无法割舍的迷恋。

5月初的一天,我应邀去参加一个新书座谈会。书和请柬是安藤教授寄来的,他随后还特意给我打了电话,说座谈会是出版社和他们中文系联合召开的,之所以希望我去,一来是新书的译者是古谷沙希,我们中文班的"四人帮"可以借机聚聚;二来译介的新书是一部中国当代颇有争议的长篇小说,希望我作为中文作家,在座谈会上做个发言。我说:"光吃饭我去,如果非得发言,我就不去了。"安藤说:"你真是个懒人啊。这样吧,书你随便翻翻,如果想说就说两句,不想说也不勉强。"

座谈会是在位于文京区后乐的日中友好会馆一个中型会议室举办的。除了中文圈里的许多熟面孔,还来了不少官方和半官方的人士。我一看到安藤就说:"怎么古谷和荒井都没有来?这不是三缺一,是二缺二啊。"安藤说:"荒井临时有事,放心吧,古谷最多晚到。她是今天的主角,不来戏还怎么唱?"

但直到九点钟座谈会正式开始时,还是不见古谷的身影。主持会议的安藤在介绍完别的到会嘉宾之后,有些尴尬地开玩笑说:"本书译者古谷女士临时迟到,这样也好,在她未现身之前,大家尽可以对她的翻译口无遮拦地万炮齐轰……"最终古谷不是迟到,而是彻底缺席了。但这样的会本来就是走过场,没有主角,照样开得像模像样、气氛热烈。

散场后,安藤就近找了家居酒屋请我吃饭。身材巨大而肥胖的安藤,在我看来一直是个有些没心没肺的人,就算天塌下来,他都嘻嘻哈哈没有个正形。但这天的两人饭局上,安藤却一直显得心事重重的。过去喝酒都是他灌我,自己尽可能地耍滑头。这天竟然倒了过来:他频频端起酒杯,象征性地和我碰一下,话也不说一句就仰脖灌下。我疑惑地拦住了他:"我看出来了,你今天不是约我来开会的,而是有什么心事想说。那就别拘着了,多大的事,还需要喝酒壮胆才能说啊?"安藤说:"叫你来开会是真的,但现在开始有了心事,却也不假。"我问是不是因为古谷缺席的事,他长叹一声:"那只是现象,恐怕情况要远比缺席严重。"

我细问后方知,其实古谷和安藤失联已经有些日子了,邮件、短信不回,电话也总是打不通。甚至安藤还特意去了一趟她在御茶之水车站附近的家,家里也没有人。安藤给她的门上留了纸条,让她回来后立即联系,却也一直没有动静。安藤忧心忡忡地说:"我唯一的希望是今天看到她来开会。这个座谈会是早定下来的,而古谷对这件事也非常上心。她连这么重要的事都无故缺席,一定是出事了。"

我想起上次和古谷见面的事,不由得笑了:"也许只是你杞人忧天了。过去古谷是个老姑娘,事业当然看得比什么都重。万一她陷入了一场死去活来的爱情,那可就像我们中国话说的,是'老房子看火,没得救了',哪里还顾得上什么狗屁座谈会。"身为日本大学中文系系主任的安藤,汉语水平显然还不足以理解"老房子着火"的含义,只是不停地摇着头说:"不可能,绝对不可能!古谷一辈子都不可能陷入爱情,她根本就鄙视所有关于爱情的说辞。"我给安藤和我的杯子里倒满了烧酒,端起来说:"此一时,彼一时,讨厌喝酒的人,偶尔小抿一两口就会喝醉。"

对于我的说法,安藤根本就不屑反驳,还是一个劲地认为古谷一定是发生了什么意外,已经死于非命都是说不准的事。他理直气壮得不容辩驳:"我和古谷都出身新泻,从幼儿园到大学都是同学,对她的性格脾气太了解了。说夸张点,三里之外放个屁,我都能闻出来是不是她放的。"我本来不打算说那天去古谷家里的事,见安藤如此固执,便只好把自己的猜测说了出来。不料安藤听后却笑了:"古谷到处说她父亲早死了,那只是在她心里死了。你见到的那个男人,是不是嘴角有颗不小的黑痣?嗨,那就是她父亲,她的亲生父亲,名字叫古谷龙太郎。如果是她的情人,她不会避而不谈的。你不了解古谷,她鄙视爱情,但在性事方面却比谁都主动开放。她有句名言,叫'男人于我,唯性有用',曾在网络上引起好一阵口水战……"从安藤的嘴里,我第一次了解了古谷沙希不为人知的一面,也了解到她之所以在男女情感上如此偏激,与她常年在东欧某国做生意的父亲早年抛弃了她们母女有关。

我努力劝慰了安藤一番,让他别想太多。这样一个和平的年代,能有什么意外发生?但闷酒有些喝多了的安藤,怎么也无法从自己的忧虑中解脱出来。他不停地叨叨着:"咱们走着看吧,出事了,古谷一定是出事了。"

酒尽人散,当我有些微醺地坐电车回到家时,已经是黄昏时分了。看见一楼和二楼的灯都亮着,我刚习惯性地涌上一丝踏实的感觉,就立即被脑子里一个理性的声音浇灭了:惠子死了,住在一楼的,是井上勉,是那个和你以父子相称,却注定永远是陌路人的少年。

十四

进入5月,东京白天的气温已经超过20度,明显开始有了燥热的感觉。往年每逢换季,惠子都会提前将我、桃香和勉的衣服做一次彻底的整理:将过季的衣服该送洗衣店的送洗衣店,在家清洗的自己动手,晾晒熨烫,然后整整齐齐地叠好收起。而将本季要穿的衣物取出来,分门别类地放在常用的衣柜里。我是个粗线条的男人,而桃香的心智又不足以让生活条理化,我过去常常心怀感激地想:如果没有惠子,我和桃香会不会把家里弄得乱如垃圾场?在惠子刚刚死去的时候,习以为常的生活忽然缺失了一大块,让我一时手足无措。曾经这个虚拟的问题瞬间变成了现实,惠子真的没有了,那个将这个家的日常调理得井然有序的人死了,我无法想象生活会成为一种什么样的状态。

但现在看来,当初的这种担忧其实有些杞人忧天了。人们对生活变故的焦虑,其实并非缺乏应对的能力,而只是缘于对习惯的过分依赖。就像文友钟小兰,对柴米油盐的居家生活充满热情,且做得一手好菜,唯独就是不能碰触生肉。每次做饭,操刀切肉的任务都由相互恩爱的老公代劳。她曾在《华人之声报》上发的一篇文章中描述此事并感叹:如果有一天老公不再愿意帮我切肉,我只能做一个素食主义者了。钟小兰有些矫情的文章发表没多久,她曾恩爱的老公却因为爱上一个日本同僚而和她离婚了。上次在池袋那家中国料理店"吉龙"请北京来的作家菲男吃饭时,我曾故意问她:"你真的变成素食主义者了吗?"钟小兰说:"我他妈的是个无肉不欢的人,哪那么容易戒肉啊?过去不爱碰生肉,只是没有被逼到那个份儿上而已。"事实同样证明,我对缺失了惠子的生活的焦虑也是一种过分放大。过去理所当然由惠子打理的琐事,很快我就能做得得心应手。另外,不知是没有了对母亲的依赖而变得自立,还只是我对她的感觉发生了变化,只有儿童智商的桃香,自从惠子死后,似乎越来越明显地在摆脱稚气,与过去相比一天天变得懂事和成熟。

在我看来,惠子死后,弥漫在整栋房子里的那种空和虚无,是促成桃香变化的直接原因。这种空和虚无不是心理氛围,而是一种确实无误的存在。它就如同空气、阳光和土壤中的养分一样,让桃香这棵停止了生长很多年的小树,又开始恢复了生长。看着桃香的变化,我有时会陷入胡思乱想:四处真实可感的空和虚无,会不会是构成惠子灵魂的一种特殊物质,它正在渐渐地渗入桃香的肉体并与之融合?这样的想法让我既兴奋又不安,我再审视桃香时,果然就从她的一举一动中依稀看到了惠子的影子。

5月7日发生的一件事,更加剧了我内心的这种感觉,让我觉得桃香身上的变化并非出自我的错觉,而是正在真真实实地发生着。

这天是个星期六。中午我包了酸菜猪肉水饺,用生菜和火腿拌了沙拉。一家三口吃过后,儿子勉把嘴一抹,一语不发地下楼去了。桃香说:"爸爸辛苦了,我来洗碗吧。"最近诸如此类主动要求做家务的事,在她身上时有发生,我已经不足为怪,便任由她去干了。我下楼来到院子里,刚点上一棵香烟,就看见勉背着包从大门里走了出来。已经是夏天了,他依然穿着那套黑色长袖的学生服,不知为何,让我觉得很不舒服。

"勉!"我叫住他,"夏天衣服都给你放卧室柜里了,你怎么不知道换?大热天的,又不上学,你干吗穿得这么古板,像要参加通夜①似的。"心里不悦,说话难免带有埋怨的口吻。勉一听便立即粗声野气地说道:"我穿什么关你屁事!"我一股无名之火也随之蹿上心头,不无恶毒地反唇相讥道:"你要不是我儿子,你要不是吃我的喝我的,我才懒得管你的破事呢!"不料勉却冷笑着说:"吃你的喝你的?笑话!这家里有什么是你挣来的,你还不是吃我姥姥喝我姥姥的。"我压根没有料想到勉会说出这样的话来,一时愣在了那里,不知道该说什么反击的话才好。正在这时,桃香拉开大门走了出来,她声音有些严厉地对勉说:"都中学要毕业的人了,怎么可以这样对大人没礼貌?爸爸说你也是为了你好,要是不相干的外人,就算你花钱请,人家也懒得说你。"

------

① 遗体告别仪式。

这回轮到勉愣住了。

在我们这个祖孙三代的四口之家中,勉从小到大,唯一没有规劝、告诫、批评、指责乃至呵斥过他的人,唯有妈妈桃香一人。他自从出生,和妈妈的相处就一直如同两个孩子,只是他这个儿子渐渐长大了,而妈妈永远在原地踏步。在和家人的关系中,勉对妈妈桃香最亲也最有耐心。与我相比,惠子在勉成长的过程中,对他的管教要远比我多。惠子虽然几乎没有发过脾气,但她是个不怒自威的人,往往一句看似不带情绪的话,就会让平日敢上房揭瓦的勉立即变得俯首帖耳。但勉和惠子的关系却远比和我亲密。他自从出生似乎就带着和我对抗的情绪。我一直觉得,这种对抗情绪除了因为两个男人之间的隔阂,更多的是来自某种神秘的宿命。

桃香意外的指责显然是勉不可能想到的。他愣愣地站了片刻,一句话没说,低着头出门去了。而我并没有因桃香为我出面解围而轻松,反而让我更是惊得目瞪口呆:站在门廊下的桃香,无论是表情、眼神,还是口吻、姿态,都活灵活现地宛如死去的惠子。我怔怔地看着她,一时搞不清楚自己这是身处梦境,还是惠子奇迹般地借桃香的身体复活了。恍惚间我看见桃香迈着我熟悉不过的那种优雅的细碎步子走了过来,她伸出纤细白皙的右手,用两根曲若幽兰的手指将香烟小心翼翼地从我嘴角上拿了下来,温和却又不容置疑地说:"不抽烟可是你亲口答应过我的哦。"……

5月7日午后,我在某一瞬间陷入了类似梦魇的状态之中。站在我身边的女人,一会儿是桃香,一会儿分明又是惠子。但我手脚既不能动弹,也无法张口说话……就在我感到自己几欲窒息的时候,一阵尖锐的猫叫声让我从恍惚中醒了过来。我看见上次那个打碎了花瓶的通体黑亮的野良猫,不知受了什么惊吓,锐声叫着从大门里冲出来,箭一般蹿向远处去了。

十五

连载中的《圣徒的眼泪》果然如毛燕北猜测的那样,在《华人之声报》的读者中聚集了越来越多的人气,成了这段时间最受欢迎的栏目之一。栏目被一家正在打知名度的华人企业独家冠名,我的稿费自然也水涨船高,比当初的约定翻了两番。涨钱的消息是毛燕北电话告诉我的,她咋咋呼呼地说:"这可是我的功劳哦!我知道你不缺钱,但能多点是一点,以后喝酒时宰你也心安理得了。"我嘴上说:"谁他妈说我不缺钱,我最缺的就是钱。"但我知道毛燕北说的是实情,这也是在许多人眼里关于我婚姻中最令人不齿的所谓"把柄"。

试图让惠子在我的文字中复活的这部小说,我之所以最终决定选择倒叙的方式,而不是从我第一次与惠子见面写起,是因为在潜意识中,惠子给我的第一印象是我这半生宗教一般的精神支撑。如果缺失了这个支撑,我在外人眼里呈现出来的世俗生活的圆满,就会顷刻间变成一片污水横流、臭气熏天的废墟。所以在这部书里,我只能从惠子的死亡开始说起,通过对回忆的梳理,最后才能再次走向我们第一次相见的那个北京冬天的午后。

毛燕北说我不缺钱,只是在陈述一个她认为的事实,不带任何别的动机。事实上,在许多场合有人这样说我,口吻看似羡慕,实则是在表达不屑甚至鄙视。在众人眼里,我一个算得上相貌堂堂的男人,一个在国内曾因为一部有争议小说而赚得了不小名声的作家,当初居然会与一个智障的日本女人结婚,那还不是"司马昭之心路人皆知",必然是另有所图。而惠子的丈夫是一家颇有规模的皮革公司的股东,每年有可观的分红不说,他当年因车祸意外去世后,惠子更是得到了一笔数额惊人的赔偿和保险金……我不否认我和桃香结婚确实是另有所图,但绝对不是金钱,不是惠子家确实颇为殷实的家境。结婚当初到现在,对于外界的流言蜚语,我从来没有做过一句解释。这倒不是出于我对众口铄金、积毁销骨的舆论力量的认命,而是如果我将自己的真实动机公布于众,恐怕不但不会减轻众人对我的鄙视,甚至更会淹死在他们的唾沫之中。

我刚宣布结婚那阵,许多人在对这桩动机再明显不过的婚姻嗤之以鼻的同时,对其结局也做出了毫不怀疑的预言:入赘有钱人家,不出几年提出离婚,分得或私转可观的家产,再另娶金枝玉叶……但我婚姻的走向出乎了他们的预料,婚后不久桃香就怀孕并顺利产下了一个男婴,而我和一个智障女的结合在持续了近二十年后,似乎并无解体的任何征兆。预言破产的人们并没有因此调整他们的判断,而是更加坚信不疑地认为,我之所以坚守在这段婚姻里,绝对是因为离婚分钱的愿望无法实现,所以采取了迂回的策略,一方面在表面上维持着与井上家的关系,一方面用人家的钱暗度陈仓,私下里与自己心仪的女人打得火热。

关于我私养情人的传闻,我也是从毛燕北嘴里知道的。那是在前几年东京华语笔会的一次忘年会上,毛燕北有些喝多了,大家知道我和她走得最近,便起哄让我送她回家。路上,毛燕北醉意朦胧地问我:"你信得过我吗?"我说:"你确实喝多了,说话没头没脑的。你想说什么,就直接说吧。"毛燕北说:"别人都说你花钱养了情人,我开始怎么都不信,因为我坚信你不是那样的人。但人家说得有鼻子有眼的,甚至连那个女人的模样和住处都知道得清清楚楚,这就不由得我不信了。"我说:"那你就信其有好了。"毛燕北说:"你他妈说实话,到底有没有?"我笑道:"你不知道吗?还有人说'你是我的情人'呢。你要信,今天就别回去了,附近就有家love hotel。"毛燕北也忍不住笑了:"我就知道你不可能有什么情人,否则我算是瞎眼了。"

惠子死了,我在外人眼里的状态不猜自明:这小子可算等到这一天了,当家的岳母死了,妻子又是个智障女人,井上家大把的钞票都落入了他的腰包,他终于可以为所欲为地花了。想到众人在背地里的议论,我唯一能做的就是苦笑一声。被毫无关系的外人误解也就罢了,就连儿子井卜勉都认为我是在靠吃井上家的老本而活着。5月7日我和他发生口角时,他明白无误地嘲笑我道:"吃你的喝你的?笑话!这家里有什么是你挣来的,你还不是吃我姥姥喝我姥姥的。"说实在话,这对我的确是个心理打击。

5月中旬我收到第一笔涨价之后的稿酬后,便给毛燕北打了电话:"托你的福,我总算发财了。这个周末我做东攒一个饭局怎么样?喊上老田、柳爷他们一起热闹热闹,具体时间和地点你定如何?"没想到平日大大咧咧、约酒必到的毛燕北,在电话里没有丝毫过去的爽快,而是支支吾吾地说这几天不方便,过几天再约。我逗她说:"不方便是什么意思?来大姨妈了?约你喝酒又不是约你打炮,怎么变得这么婆婆妈妈的!"毛燕北沉默了片刻,叹了口气说道:"我发张照片你看看,我这个样子能出去见人吗?别说出去聚会喝酒,我连着三天连班都没去上了。"我手机上随即接到她发来的一张自拍照,照片中的毛燕北嘴唇肿得老高,左眼圈一团乌黑,简直就像熊猫眼一样,一看就是被人暴揍了一顿。我大惊:"怎么搞的?这是谁吃了豹子胆,把你打成了这样?"毛燕北说:"还能是谁,我那个王八蛋日本老公呗。"我不解地问:"你们俩不一直是相敬如宾的模范夫妻吗,怎么会上演全武行?到底是因为什么啊?该不会是你给人家戴绿帽子了吧?"毛燕北"喊"了一声:"别放狗屁了!我要是那种女人,第一个难保清白的就是你。为什么？两口子打架除了情感背叛，还能为什么？钱，都他妈是钱闹的。"

待我细问详情时，毛燕北却不耐烦地说："现在没情绪，过几天得找个奇贵无比的地方宰你一顿，我到时再和你说。"我说："那孙子都把你揍成这样了，你居然就这么忍着，连屁都不放一个，这不像你的脾气啊。"毛燕北有些让我摸不着头脑地笑了："小不忍则乱大谋，我要是图一时痛快，早把狗日的炖成一锅红烧肉了。"

连毛燕北的爱情都出了问题，这让我确实有些意外。

十六

古谷沙希彻底失联了。

事实证明安藤不失为古谷的发小和知音。那次古谷译作新书座谈会后,他斩钉截铁地下这个结论时,我还觉得他过于武断。一个大龄未婚女人,既不缺时间又不缺钱,或许心血来潮地去国外旅游了,或者在闭关写作、翻译,或者只是一时情绪化地想远离所有社交……什么样的可能都存在,怎么可能就那么轻易地如安藤所说"出事了"?但半个月、一个月,直至一个半月过去了,古谷还是音讯全无,不光人不露面,电话打不通,就连发去的信息、短信和邮件,也统统是泥牛入海,没有半点反馈。这让我不得不相信,古谷恐怕真的是出什么事了。

在那次新书座谈会后和安藤喝酒深聊之前,我虽然知道古谷一直是个孤独、特立独行并具有一定反社会倾向的女人,但却不知道她的性格形成于幼年时所遭受的伤害。对于古谷父亲对她们母女的伤害,安藤说得比较含糊。但如果只是简单的抛弃,我觉得古谷不可能对父亲有着如此深刻且持久的仇恨。因为安藤那天说:"因为她的父亲,古谷内心对几乎所有的男人都带有敌意,这也是她单身至今的最大原因。在这个世界上,我大概算得上唯一一个她愿意交心的男人了。"

随着古谷失联时间的一天天延长,本来就坚信她出了意外的安藤,变得越来越焦虑不安。这件事成了他心头一个时刻无法摆脱的阴影。他总是不分早晚地打电话给我,神经质地给我分析古谷可能出现的意外。开始的时候,我总以为是他过分武断,有时还开玩笑说:"你是不是从小就暗恋人家,你再这样焦虑下去,古谷可能好好的,你倒会出事了。"但随着古谷彻底失联时间的不断累加,我也开始不得不信有什么不同寻常的事在古谷身上发生了。

5月15日,从前天晚上就开始下起的一场大雨,到了第二天一早依然未停。雨声让我几乎一夜未眠。这倒并非因为雨声的嘈杂,而是这份嘈杂像一道背景声,更加放大了屋内死一般的寂静。在这份寂静中,我总是怀疑有人在四处巡视。我似乎若隐若现地听到了轻微的脚步声、呼吸声,甚至偶然间一声不经意的叹息……我不但没有一丝恐惧,而更希望这感觉是一种真实的存在,而并非出自我的幻觉。如果真的有灵异之物存在,那无疑是死去的惠子!就算她忽然现身于眼前,我想我也不会有任何的惊惧。后半夜我刚刚有了些睡意,却听见桃香在她的卧室里咯咯咯笑出声来。这声音在一片雨声中格外刺耳,我赶紧走过去看时,却见她安安静静地躺着,面容像个婴儿一般单纯安详。看着桃香熟睡的样子,我本来就缺乏睡眠的脑子变得更加恍惚起来,不知道刚才听到的笑声究竟是桃香梦中发出的,还只是我胡乱思绪中的幻听,抑或是从别的地方传过来的……

回到自己床上后,我辗转反侧直到天快亮时,总算刚迷迷糊糊地睡了过去,但放在床头柜上的手机却刺耳地响了起来。我拿起来看时,却是安藤打来的。他声音听上去焦虑而疲倦:"我一夜没睡,一直熬到现在才给你打电话。"我说:"你如果真的一夜没睡,我至多也就比你多睡了十分钟。什么事这么着急上火的?"安藤说:"还能有什么事?古谷真的出事了,我今天必须去警察署报案。"我有些恼火地说:"你是否又做梦梦见什么了?"安藤说:"我可能忽略了古谷龙太郎忽然出现的事,对,就是古谷的父亲,古谷出事极有可能和他有关。"我说:"你最好赶紧报警吧,再这么瞎琢磨下去,你搞得连我也要神经了。"不料安藤却不容置疑地说:"八点我们在御茶之水车站1号出口见,我们一起去神田警察署。"

八点钟我身心俱疲地和安藤在车站见面后,先去了附近一家便利店。这个连锁店最近添置了简单的桌椅,开始提供店内饮食服务。没有吃早点的安藤买了三明治和酸奶,我则要了一杯咖啡。安藤用一双熬得通红的眼睛看着我说:"井上老师,别一脸的不痛快了。古谷不但是我们共同的朋友,也是你的学生啊。你有义务和我一起去报案,把那天你和古谷见面时的细节告诉警方,尤其是他们父女之间都说了些什么。我敢肯定,古谷的失联一定与她父亲的忽然出现有关。"我不由得笑了:"我和古谷还算不上是朋友,不过她有你这样上心的朋友,也算是超级有眼光。"安藤说："今天约你来,不光是让你陪我去报案,还有事情和你商量呢。"我问何事,安藤却故作神秘地说："好事,也算是对你的补偿。"

吃完喝罢,我和安藤步行到神田警察署去报案,接待我们的是一个姓氏为青木的巡查长。青木年近四十,身材不高,却胖得出奇,让我甚至怀疑他曾经从事过相扑运动。安藤本来就是个胖得惹眼的人,他们俩站在一起,简直像横在我面前的一堵墙。在接待室,青木不厌其烦地仔细询问了有关古谷的所有个人情况,甚至包括是否喜欢饮酒、是否有过服用违禁药物的经历等等,事无巨细,一一做了记录。安藤重点讲了古谷和她父亲多少年形同陌路甚至怀有切骨之恨的事,表示对她父亲忽然找上门来的事感到蹊跷。青木便问我当天去古谷家里时的各种细节,但我却想不起来有什么细节。我说："我当时以为是她交了男朋友,便很快告辞了。我除了觉得古谷对那人上门有些意外和反感,再没有什么特别之处。他们俩之间的对话,我一句也没有听到。"青木问："你能确定是她的父亲吗?"我说："古谷亲口告诉我是她父亲,那人左边嘴角有颗很醒目的痦子,安藤由此断定就是古谷龙太郎。"青木嘟囔了一句："那可说不定。"然后又问我："你去的那天是几月几号？"我说："应该是2月底吧，3月份我们还上了两次课，后来古谷说有事请假，再后来就彻底没有音讯了。不过我有记日记的习惯，准确日子能够查出来的。"青木礼节性地鞠躬道："那就拜托了。"

从神田警察署出来，已经快中午十二点了。安藤提议一起去喝酒，我说："刚才坐在警署里就直打盹，我哪里有精神喝酒。"安藤说："不喝酒饭总得吃吧，再说了，我还有事情和你商量呢。"

无奈之下，我陪安藤去就近一家餐馆吃了份咖喱牛肉饭定食。安藤告诉我的所谓好事，就是在他任系主任的R大中文系为我谋得了一份非常勤的教职——给高年级的本科生和研究生教汉语精读和写作。我说："工作内容我喜欢，又有钱挣，确实是好事。本来我该请你喝顿大酒表示感谢，但今天实在没有力气喝酒了，留待下次吧。"安藤又用那布满血丝的眼睛看着我，笑着说道："井上老师，记住我以后可是你的上司了，我要你办的事，你得掂量掂量了。"我说："汉语里'上司'这个词太刻板，开玩笑还是用'领导'比较好玩。"不料安藤却一本正经地说："谁跟你开玩笑了。"

十七

进入6月份后,东京明显变得暑热起来。

往年在这个季节里,高温加高湿的天气,总会让天生智障的桃香变得远比平常兴奋。在整个炎热的夏天里,她就如同一个被某种狂欢气氛感染的孩子一样,几乎一刻都不愿安静地待在屋内,而是整天不停地在户外游荡,步履匆匆地四处乱走。仿佛过去熟悉的一切,在夏天的烈日下都让她觉得陌生和好奇。炎热的夏天是我最讨厌的。不光是东京的潮湿和酷热让我这个在中国北方长大的人难以适应,更由于在这个季节里要照顾到处疯跑的桃香着实让人疲倦不堪。桃香除了去参加"绿之会"的活动时有人照顾,剩余的时间几乎一刻身边都不能离人。在近二十年的时间里,我和惠子分担了这个季节里繁重的陪护任务。每当天气渐渐凉爽、桃香也一天天由"动若脱兔"恢复到"静若处子"的时候,疲倦不堪的惠子总是忧心忡忡地对我说:"以后我不在了,夏天里你该如何挺得过去啊?"

以前每当惠子这样说时,同样疲惫不堪的我,心里总会涌起一丝怨毒的想法:如果你真的不在了,我还待在这里照顾一个智障女人,自己岂不也成了一个傻子?但我却从来没有真的想过具体的应对方法。惠子年初忽然死亡以后,当这个问题再次在我脑海中闪现时,我才发现惠子充满忧虑的发问,其实并非对我以后处境的同情,而是一份沉甸甸的托付。忽然丧失了母亲庇护的桃香,是一个没有自我保护能力的脆弱的孩子,她就那么单纯而无助地站在你的面前。我仿佛看见惠子目不转睛地看着我,眼神中充满乞求和哀怨地说:"你忍心吗?你真的忍心舍她不顾吗?……"就在那一刻,我曾经试图摆脱长达近二十年人生状态的闪念,就如同暴风雨中刚燃起的一团微弱的火苗,顷刻间便被彻底浇灭了。

初春时节,当气温刚刚开始变暖的时候,我想象着即将到来的这个没有惠子的夏天,心里一度曾乱如猫抓。我毕竟要上课,要写作,要去参加一些必不可少的社交活动,不可能整个夏天闭门不出。而桃香一旦无人陪护,独自出门便极有可能发生意外。在过去的岁月里,我有时在被桃香连累得心力交瘁的时候,也曾怨毒地设想过有一天她遭遇车祸、溺水、坠崖等而命丧黄泉,那真是对我和惠子的一种解脱。但现在对其中任何一种意外的想象,都会让我心中充满惶恐和哀伤。我忽然觉得,惠子的死,让我真正变成了桃香的父亲,曾经的怜悯被一种父爱般的情感代替,曾经的迫不得已变成了不折不扣的心甘情愿。我前去多家特殊陪护机构做了咨询,很快就打定了主意:尽管费用比较昂贵,夏天里最好还是将桃香送去疗养,这也是没有办法的办法。

然而,我想象中将会远比往年艰难的生活琐碎,在这个夏天里却并没有发生。甚至惠子的突然离世,让我在心理承受因缺失所带来的重压的同时,实际生活却变得轻松和有序起来。这一切,都源自惠子死后发生在桃香身上越来越明显的变化。

首先是随着天气转暖变热,桃香每年都会出现的季节性情绪变化并没有如约而至。起初我以为只是她丧母后的暂时反应,但随着天气越来越热,桃香不但丝毫没有显现情绪上的亢奋迹象,反倒一天比一天变得安静和沉默。除了被"绿之会"的车子接去参加活动,她几乎足不出户,与过去这个季节的表现判若两人。而发生在桃香身上的另一个变化,更让我感到惊诧:天生智障的桃香,像一个心智停滞增长多年的儿童忽然恢复了成长,明显变得比过去理性和成熟。这不仅表现在她开始主动承担简单家务并日趋条理,而且不再单纯只是重复过去从惠子那里学来的生活礼仪和技巧,而是明显有了自主判断……对于桃香的这些变化,起初我曾以为只是自己多了一份关注而在判断上产生的变化,但许多事实却让我不得不相信,这些变化真的存在,而且日复一日地趋于明显。其中最让我觉得有说服力的,就是桃香忽然不再痴迷于用不断翻转各种各样的沙漏来打发时间,而是将从小积攒的所有沙漏都收拾进了一口箱子。观看流沙打发时间并乐此不疲的癖好,不知何时形成于何因,但在我第一次见桃香到现在的数十年时间里,就如同她每天必须吃饭喝水一样,从来没有间断过。在没有任何外界因素作用的情况下,她忽然自主中断这一积习,让我完全相信一种深刻的变化正在桃香身上发生着。

6月5日是个星期天。这天下午,我正在写作,忽然听见桃香在身后说:"爸爸,颜料用完了。"我回头看时,她不知何时走进了我的书房,手里正举着两管挤空的水彩,眼巴巴地看着我。她的围裙上、手上甚至脸上,到处都沾满了五颜六色的颜料。大概从两周前开始,桃香忽然在"绿之会"组织的一次活动后迷恋上了绘画,在纸上胡乱涂鸦成了她现在主要消磨时光的方式。我笑着说:"桃香小姐,昨天刚新买的两盒水彩,怎么一天就用完了,你该不是把它当糖果吃了吧?"桃香说:"失礼哦!怎么可以这样对我说话。"我看着桃香莞尔一笑的模样,顿时就愣在了那里。惠子在世时,我有时开句超越晚辈和长辈关系的玩笑,这是她常常挂在嘴边的一句话!甚至桃香现在的表情,看上去都和惠子如出一辙……我关了电脑,开车带桃香去奥林匹克商场购买颜料。一路上,我都在观察桃香的表情,却并没有发现什么异样。理性让我只能将这种疑神疑鬼的感觉归于自己的精神作用。

"惠子啊惠子!"我内心这样感慨了一句,却不知道自己究竟想表达什么。

在奥林匹克商场,我忽然想起上次小泽说三木就住在"快乐之家"老人院的话,便叮嘱桃香好好选购商品,然后出门就去了位于商场后面的老人院。我在前台一打问,一个值班的年轻女孩说:"三木住在308,不过今天是星期天,她去儿子家了,要到明天一早才回来。"我吃了一惊:三木不是只有那个在火灾中被烧死的女儿真珠吗,哪里又冒出来一个儿子?但我不好乱说什么,就问:"老人家的官司没事了?"女孩说:"虚惊一场,早就没事了。"

回到奥林匹克商场,我看见桃香的购物筐里不仅选择了水彩、画纸等物,更有不少食材,我不解地问:"我昨天买了不少菜,今天怎么又想起买菜了?"桃香说:"明天是爸爸的生日,我要特意做一顿饭为你庆祝,我还在楼下预定了生日蛋糕和蜡烛。"

我看了一下手表上的日子,又看了看桃香,不由得又吃了一惊:桃香居然学会了记住家人的生日。

十八

生活总是充满了让人无法预料的变数:就如同惠子死后我对照顾桃香的忧虑,却因桃香不可思议的变化而瞬间烟消云散;就如同一直看上去恩爱有加的三木女儿、女婿的美满婚姻,一夜之间就昨日不再,且引发了一场家毁人亡的悲剧;就如同坚持数十年都被文坛漠视和排斥的我的写作,竟因为《圣徒的眼泪》连载而先是在日本华人读者中引起轰动,继而又波及国内,大有些声名鹊起的趋势……不过还是说说最近这件让我意想不到的事吧,向来无端仇视日本因而一直排斥我异国婚姻的父亲,不知是因为年前井上勉去了趟中国,还是因为他和母亲来了趟日本,大半生都不曾动摇的观念居然发生了颠覆性的变化:这个从京城某机关退休的原处长,不但对原来一直排斥的带有日本人血统的孙子开始全盘接纳,而且因为短短十几天的小住,忽然对原来一直反感的这个国家也产生了一见钟情式的迷恋。父亲从九寨沟旅游回来后,就打电话给我说:"真应该在日本多住些日子。我一直严重失眠,唯有在日本的那段时间,夜夜睡得十分踏实。"我顺口说:"你儿子我的家在这里,你想来随时能来。"不料父亲说:"你还别说,我也在琢磨,是否要把北京的房子卖掉,在你家附近买个房子。反正我是想把自己的财产留给孙子的。"我被他的想法吓了一跳,赶紧说:"您千万别冲动!这不是你回老家买房子,说买就买的事,里面名头多着哩。另外,你不是要让孙子去北京留学吗?"父亲说:"我也没说现在就卖房,我只是在琢磨。"

或许是我缺乏积极的态度,让父亲对原本就不太亲密的父子关系更失去了信任。我发现他开始明显疏远我,而是和被他亲昵地称为"勉勉"的井上勉打得火热。除了给他频繁打电话,古板的老头居然学会了玩微信,不时和勉互发各类照片和视频。父亲从日本回去之后,从北京寄给勉的包裹明显多了起来,大大小小,上面"收件人井上勉"的名字之后,都写着"亲启"二字。有一次勉不在家,邮差送来一个又大又沉的包裹。我代收时,在感觉自己被亲生父亲又一次无情抛弃的同时,又因为自己对勉身世的隐瞒,对父亲产生了深深的愧疚。

6月7日,就在我生日过后的第二天下午,我又一次去了"快乐之家"老人院,终于见到了久违的三木由直。

房子失火烧毁,女儿惨死于火灾,深陷保险金诈骗的官司之中……在见到三木老太太之前,我无法想象这个即将步入古稀之年的老人,在这样多重的人生打击面前,会变成一副怎样憔悴的模样。所以当我推开308的房门时,映入我眼帘中的三木,让我一时怀疑自己是否走错了房间:三木老太太正半躺在一张介护床上看书,胸前的桌板上放着一盘尚未吃完的草莓。老太太不但没有任何憔悴感,反倒比上次见面时显得滋润和富态,明显给人一种"人逢喜事精神爽"的感觉。看见我进来,三木惊讶地叫了起来:"哎呀,是井上先生啊!我还说找个时间去看您哩,忙忙乱乱的,一直拖到了现在。对不住啊,家里的事让您担心了。"说罢就要起身,我把带来的鲜花放在床头柜上,赶紧说:"您躺着不用动,要喝水我会自己来。我就是来看看您,聊聊天。"可三木老太太还是利索地下了床,她说:"躺什么躺,我又不是病人。我来泡茶给您喝。"

在与三木老太太两个多小时的聊天中,我获悉了一个令我大为震惊的消息:让三木家房子毁于一旦的火灾,并非意外失火,而是人为纵火所致。而放火者不是别人,正是在火灾中被烧死的三木的女儿小泽真珠!三木老太太说:"警方调查认为,是真珠为了自杀而放的火。我之所以卷入保险金欺诈的官司,就是我不接受这一调查结论,而坚持要求保险公司理赔的结果。最终警方确认我在细节上没有说谎,不属于有意而为,也只好不了了之了。"

我也觉得无法相信:"不至于为离婚就自杀吧?即便您女儿对人生厌倦,她也不会选择您在家的时候放火啊。"

"这也是我开始坚持不信的理由。"三木老太太叹了口气,"但后来我信了,她不但自己不想活了,也想连我一起烧死。"

"这怎么可能?"我实在无法相信从三木嘴里会

说出这样的话。

"她恨我,她真的恨我不是一天半天了。"老太太这么说着,脸上居然露出了一丝让我费解的笑容,"消防员从废墟中找到的保险箱里,有真珠的一本日记。我读后才知道,我生养了几十年的女儿,居然无时无刻不对我充满怨恨。也正因为这份怨恨,让我反倒变得不再悲伤了。呵呵呵,你是不是觉得我气色比以前好了不少。"

这看似轻松的笑,却让我感到无限沉重,于是赶忙岔开了话题:"我前天来过一趟,说您去儿子家了,我没听您说过还有儿子啊?"三木老太太说:"我哪里来的儿子,是小泽,我的女婿,不对不对,是前女婿!他周末总是来接我去他家里住两天。不过中国有这样的讲法:一个女婿半个儿,说他是我儿也不为过。"

"小泽……小泽再婚了吗?"我想起了上次在上野"真巴石"火锅店碰到他的情形。

三木老太太说:"嗨,小泽是个喜欢女人的男人,男人大多都如此,只是没有机会或没有胆量表现出来而已。小泽总是带不同的女孩子回家,我估计他不会再让婚姻束缚自己了。小泽儒雅英俊,又有钱,这样的方式其实更适合他。"

说实话，我有点难以理解这样的岳母与前女婿的关系，所以一时不知道该如何接茬。我抬腕看看表，推说家里有事，便匆匆告辞。三木老太太从床头柜的抽屉里拿出一个笔记本，递给我说："这就是那本日记，你是个作家，或许对你有用。"

"这……这会涉及逝者甚至您的隐私，合适吗？"我心里喜出望外，但嘴上却只能这样虚伪地推托了一番。在三木老太太说了几句"无妨"之后，我几乎是生怕她出尔反尔一般地从她手里接过了那个日记本。

出了"快乐之家"老人院，已经是夕阳西下的时候。透过驻车场的栅栏，我看见旁边的一幢一户建的庭院里，有一个驼背十分厉害的老太太在将一皿一皿的猫食摆在地上，一大群野良猫从四面八方围聚过来，大大小小，各种毛色，足足有二十多只……那些猫发出嘈杂的叫声，不知道是在表达感谢，还是在发泄对各自生活的抱怨。

猫群中，一只通体黑色的猫回过头来盯着我，一双猫眼在夕阳的反光中看上去血红发亮……

十九

"是不是老派人物,不看年龄,而是看他有没有互联网思维。"这是毛燕北有一次在挖苦我呆板固执时说过的话。

其实,当时我对此并不认同,觉得只是毛燕北这只斗鸡在无法否认我对自己体能、思维敏捷度、现代意识等等绝不服老的情况下,用这种似是而非的标准将我一军而已。但在炒作《圣徒的眼泪》这件事上,我确实觉得与她相比,自己真的是个老派人物了。当小说连载在日本华人中开始引起关注的时候,毛燕北组织包括菲男在内的作家在国内门户网站上分别撰文,把我包装成了一个"大器晚成"的文学奇才,甚至是"一个被世俗遗忘的文学大师"。这些连我都觉得脸红的吹捧又被她通过关系,转发到了许多日本的媒体上,在日华人顿时就有了这样的感觉:怪不得这篇连载写得这样引人入胜,原来作者早已经在国内广受重视了。在我看来这样"互相误会"的结果,果然使我有了原来根本预想不到的知名度。毛燕北曾经不无表功地问我:"你有出名的感觉了吗?"我说:"有了,与原来相比最大的变化是,过去那些总是在酒桌上灌我的家伙们,都一个个他妈的变得像娘们儿了。"毛燕北说:"你馋酒了不是?这几天我这个真正的娘们儿和你喝一场。"我有些心虚地说:"你就别往自己脸上贴金了,你要是娘们儿,世上就没有爷们儿了。不过,我确实该好好请你一顿酒了。你上次不是说要找个地方宰我吗?我早已经把脖子伸长等着了。"

聚会定在6月18日晚上,地点是池袋车站附近的"吉龙"中国料理店。我六点准时赶到后,不无责怪地对已经早到的毛燕北说:"不是要宰我吗?怎么又定在这么一个破地方,这对得起我这瓶十年的茅台吗?"毛燕北一听就大笑了起来:"哈哈哈,我他妈想不服自己都不行了。"我不解地问她"抽什么风",

她说:"你还记得你嘚瑟过几次你的这瓶压箱货了吗?我估计今天你会一狠心带过来,哈哈,果然不出所料。今天选择'吉龙',就是要痛饮二锅头,这瓶酒我拿回去压箱。"我说了几句"你这个物质主义的俗人",但还是心甘情愿地把茅台上缴了。

一个月过去,视频中毛燕北的熊猫眼已经彻底消失了,她又恢复了泼辣干练的女强人的风采。"吉龙"虽然是家不起眼的中餐店,但因为老板跟我们都很熟悉,酒喝到高兴处,可随意让他做些诸如炒鸡蛋、醋熘土豆丝、葱花饼等可口菜单上却没有的东西,所以要想真正实现"吃好喝好",这里其实是一个不错的选择。在和毛燕北喝酒聊天的过程中,不等我问,她就毫不遮掩地将她被自己老公揍成乌眼青的前因后果和盘托了出来。毛燕北的日本老公是个搞IT的理工男,在一家规模不大却薪水不低的公司里任职。按毛燕北过去的话说,能遇到这么一个温顺木讷、事事听话的男人,简直就是上帝对她这样一个脾气火爆又事事挑剔的女人的特殊眷顾。婚后多年来,毛燕北的婚姻状况也的确如她所言地琴瑟合鸣、美满异常:老公每个月将工资悉数上缴,无论毛燕北给自己多少零花钱,都是多给多花,少给少花,从来都毫无怨言……

"你知道这孙子为什么毫无怨言吗?"毛燕北仰脖喝掉杯中的二锅头,自问自答地说,"因为他有的是钱,根本就不在乎我给他的这仨瓜俩枣。"

"他不是把工资都上缴给你了吗?你就别卖关子了,赶紧说紧要处,怎么就被人揍成了乌眼青?"我也喝掉了杯中的酒。

"他根本就不是什么公司的普通雇员,而是股东之一。公司是他和两个大学同学共同创立的,他串通财务做虚假工资单给我,每月上缴的六十万日元,都不到他实际工资的一半。你说说这孙子多会装,一骗就是这么多年。"

"一月上缴六十万相当可以了,你知足吧。如果只挣三十万,就算一分不留,你不也只有现在的一半吗?"

"不是钱的问题,是人品的问题。你知道他怎么露馅的吗?公司财务之所以与他合谋蒙我,是因为他们是地下情人,钱大多数给了对方。最近两人闹矛盾,女财务被公司找茬开除了,她气不过,就找我一五一十地交了底。当大郎孙子回来后,我没有动怒,而是和颜悦色地让他坦陈详情,没想到他恼羞成

111 无花果落地的声响

怒,居然敢跟我动手。他妈的,他居然有胆量跟老娘动手,我当初还真的看走眼了。"

我刚想劝慰毛燕北,不料她却先开了口:"你别试图安慰我,我没有那么惨。上次不是告诉你了吗,是钱惹的事,就用钱解决。我那一拳不白挨,你想知道价格吗?"

我笑道:"不知道,反正如果是我,打一个乌眼青给十万日元,我就不用写作了。"

毛燕北撇了撇嘴:"瞧你那点出息!老娘一只乌眼青的价码是五千万,那孙子已经乖乖地转到我的私人账户上了。意气之下在太岁头上动土的人有的是,但动过以后没有不心虚的,因为他们不知道究竟会有什么厄运降临。"

说实话,我真的吃惊不小。我说:"毛太岁,你能不能打我一个乌眼青,分两千五百万给我啊。"

毛燕北是我认识的女人中最泼辣、最豁达的一个,也是酒量最大的一个。当晚我们一瓶56度的红星二锅头均分后,我挥手喊道:"老板,再拿一瓶。"却让毛燕北拦住了:"你今天状态不行,再喝白酒,估计连家都回不去了。算了算了,喝点啤酒润润嗓子吧。"我其实当时已经有了一些醉意,但却不服地说:

"谁回不了家还难说呢！如果都回不了家,大不了咱俩去开房,反正你老公也出轨了。"毛燕北哈哈哈大笑起来:"真正咬人的狗都不叫,你就是嘴上功夫！行了别贫了,赶紧买单吧,今天算便宜你了。"

在毛燕北面前,我向来贫嘴归贫嘴,但很少固执己见。她不让我喝多,是为我好。而在我理性尚存的时候,我也明白不能真的在她面前喝多。如果我虚伪而肮脏的一面被她撞破,我根本无法想象自己还能以何种面目活在这个世界上。我顺从地结了账,毛燕北在饭店门口道别时,像个哥们儿一样地拍了拍我的肩:"你知道《圣徒的眼泪》为什么有人气吗？因为没有人相信那是你的虚构。"

夜色中的池袋车站灯红酒绿,大街小巷到处都是熙熙攘攘的人群。酒喝到不上不下的程度,对我而言是一种折磨。我转身进了一条小巷,觉得只有再找个地方独自喝几杯了……

二十

我的喝酒和我的做人一样,具有完全不同的两面性。在东京的酒友圈中,我以"晕而不醉,醉而不吐,吐而不倒,倒而不怒,怒而不疯"的绝对理性表现,一直被众人不无醋意地尊为"酒圣"。毛燕北之所以将我的连载小说改名为《圣徒的眼泪》,她所谓的"圣徒"一词,我估计灵感就来自这个绰号。在与朋友的多年饮酒史中,我鲜有丢丑露乖的时候。能记起来的所出的最大一次洋相,是在五年前一次赏樱聚会上,地点是在新宿御苑。

我之所以对这件事记得如此详细,是因为赏樱的头一天下午,我正在院子里看着桃香给花木浇水,一辆出租车在大门口停了下来,身穿和服的惠子下了车。她推门而入时,我笑着打招呼:"惠子小姐,现在才三点,怎么这么早就散场了?"从初次认识惠子到现在,我一直沿用这个普通的敬称,而从来没有叫过一声"妈"。惠子只是含混地说了声"是啊",就莲步轻挪地进了一楼的大门。在她匆匆投向我的一瞥中,我却清楚地看见了她眼中的泪水。木屐白袜、手持绢扇的惠子和服华丽优雅,云鬓如墨,仪态端庄,宛若从一幅古画中走出来的盛唐仕女,让人总是感到如此赏心悦目。而她眼中含而未滴的清泪、仿佛心事满腹的背影,却又让我心里沉重顿生。尽管我内心充满了去惠子屋里一问究竟并悉心安慰的愿望,但我知道此时对她最大的安慰就是让她静静独处,任何别的做法对她而言都是尴尬的打扰。桃香似乎觉察到了我一脸的迷惑和无奈,忽然说:"樱花开了,妈妈哭了。"我吃了一惊,一时竟分不清她到底是个智障的女子,还是个高深的哲人。

对惠子心事的揣摩,让我一个晚上都辗转反侧难以入眠。第二天上午如约去新宿御苑参加赏樱会,面对樱花怒放的美景、游人如织的盛况和毛燕北、老田、钟小兰、柳爷、吕成方等一帮文友的嬉闹,

115 无花果落地的声响

我却全程情绪灰暗,无精打采,终于毛燕北尖刻地说:"你这是想表现特立独行呢,还是想故意扫兴?少废话,罚酒三杯。"……在众人的哄闹声中,那天只要有人提议罚酒,我就端起来喝掉,以至于第一次当着酒友们的面有了几分醉意。后来被他们广为散布的关于我出丑的细节是这样的:罗某人赏花当日正值发春之时,情绪不振,借酒浇愁,以致大醉酩酊,在赏花人群中诱拐来一位妙龄少妇,青天白日之下就欲强行入港……我将这些描述斥为"色情狂文人的杜撰"。实情绝对没有他们所说的那么夸张,我当时确实有了几分醉意,但绝对不至于大醉酩酊。头一天惠子梨花带雨的形象在酒精的作用下,变得既幻化又真实,所以当一位身着和服的少妇从我们所铺的垫布前走过时,我忽然站起来,一把拉住了人家的手,有些伤感地问道:"有事别窝在心里,到底怎么了,你说出来嘛。"我的鲁莽被同伴们有效地消灭在了萌芽状态,他们一边故作愤怒地斥责我,一边连连给女人赔礼道歉。我记得那女人宽容甚至有几分调皮地开了几句玩笑,如果翻译成中文,大意应该是:醉酒不为伤樱花,迷离只因赏美人。

我在酒友面前表现出来的高度理性,只是一个表象。就如同古谷沙希所说的那样，表象不是假象，而是局部的真实。我刻意不在酒友面前喝醉，不是伪装，而的确是我真实的愿望。在由我和惠子、桃香及勉四人组成的这个家庭里，骨子里嗜酒的我，也从来没有喝醉过一次，甚至连哪怕轻度的失态都没有过。但这不是我饮酒状态和饮酒史的全部，有过多少个酩酊大醉甚至严重失忆的醉酒经历，其实连我自己都记不清了。

6月18日晚，和毛燕北在"吉龙"门口分手后，酒喝到不上不下程度的我，几乎是被惯性裹挟着又去了池袋车站附近一家居酒屋。我叫了几个肉串、一碟炒牛筋、一碟三文鱼刺身、一碟蔬菜沙拉。但菜对我而言只是摆设，我几乎在没有吃几口的情况下，不大一会工夫就喝下了三壶两盒装的清酒、一瓶720毫升的芋烧酒……喝着喝着，果然是"须臾心自殊，顿觉天地喧"，我的脑子开始乱了起来。先是觉得原本客满却安安静静的居酒屋忽然变得嘈杂起来，后来似乎觉得自己并不是在居酒屋，而是坐在夜色中的马路牙子上，面前不断有面孔上没有五官的怪人来回穿梭。

"不，不！我们不能这样！我们绝对不能做这样的事啊!"我在惊恐而虚弱的尖叫声中醒了过来,看见自己正赤身裸体地躺在一个被粉红色光线照得充满暧昧意味的小屋的沙发上,旁边一个半裸的女人正一边笑盈盈地看着我,一边从容地穿着衣服……我一瞬间就清醒地知道,自己又来欢场干了一次卑鄙龌龊的勾当。

"如果有失礼之处,请原谅,我烂醉如泥,什么都记不起来了。"我羞愧难当地用日语给陪侍女郎说。那个看上去只有二十五六岁的女孩,表情深不可测地笑了一下。

二十一

6月份,我开始在R大中文系担任非常勤讲师。那次去神田警署报古谷沙希失踪案时,安藤第一次跟我提说此事。没过两天,他就打电话催我去学校签约。我因为忙于连载小说的写作,便以再过一个来月就要放暑假为由,希望下学期开学后再签。不料安藤在电话里说:"你看不上是吗?就这么一个空位子,一百多号人等着呢。"我便当天下午就去学校签了聘任合同。果然是"朝里有人好做官",有安藤这个系主任的照顾,这份工作无论从自由度还是待遇,都像是为我量身定制的一样。

6月20日是星期一,这天上午有大四二班的一堂精读课。周六晚上醉酒后的一夜荒唐,又一次像往常一样,不但让我身体经历了一场如同死亡般的煎熬,更让我的精神遭遇了濒临崩溃的打击。我觉得自己从外到里、从肉身到灵魂都污秽不堪,散发着令我自己都感到窒息的阵阵恶臭。

精读课的主题是"唐宋八大家散文品赏"系列之一,当天的具体内容本该是韩愈《进学解》的后半段。但我那天状态极差,要给连普通汉语尚说不利索的日本学生逐字逐句讲解这些艰深晦涩的古文,实在是既没情绪又缺耐心。我以先消化上堂课的内容为由,改为讲解韩愈的散文特色,并穿插着讲了段韩愈和大癫和尚的轶事。韩愈贬潮州,在街上碰到一个长有两颗长牙、面相凶恶的和尚,便判定此人绝对是个恶僧,打算回去后让人敲掉他的长牙,好好教训他一番。不料韩愈刚回到衙里,看门人便拿来一个红包,说是有个和尚要送老爷的。韩愈打开一看,里面非金非银,而正是刚才和尚的那对长牙……这本来纯粹是我为了耗够时间的磨洋工之举,不料竟取得了非常好的课堂效果:学生们对这个故事的兴趣远比《进学解》要浓厚,七嘴八舌地提问和探讨,气氛非常热烈,以至于到了下课时间仍有些意犹未尽。这样看似不错的效果,其实让我心里充满混饭吃的内疚。

来学校上课的日子,如果课是上午,一般我都在校区内找家食堂独自解决午饭问题。而如果是下午课,大部分时间安藤会约我一起到外面的居酒屋吃饭喝酒。这天我刚出了教室门,却看见安藤正坐在不远处的花坛边抽烟。见我出来,他起身道:"我刚好也闲来无事,中午一起吃饭吧。"我内心被前天晚上自己的龌龊事折磨着,根本不想和人说话,便推辞道:"抱歉,我最近正在减肥,午饭不打算吃了。"安藤却不容分说地道:"不吃就陪我坐会儿,我有事和你说。"

我无奈地随安藤去了那家他喜欢的韩国料理店。正值吃饭高峰,面积狭小的店里人满为患,好不容易才找到位子。安藤点了份烤肉定食,问我道:"你真不吃?"见我摇头,嘴里嘟囔道,"你都瘦成麻秆了,连我二分之一都不到,居然要减肥,不知道你脑子里搭错了哪根神经。"虽然我说减肥是为了推脱安藤的借口,但确实一点食欲都没有,尤其是看见肉就有几分恶心。

安藤急于告诉我的事,是古谷失踪案的最新进展。自从去神田警署报案后,安藤就和警察青木保持着密切的沟通。而我通过安藤,对古谷失踪案的进展也了如指掌:立案不久,警察依法搜查了古谷位于御茶之水附近的那套公寓,里面一切陈设用品都呈自然状态,没有发现任何异样;警察调取了一切可能的监控探头,发现古谷最后一次出门是3月24日一大早,自从那天以后,她就再也没有回过自己的公寓;在3月24日之前,貌似其父古谷龙太郎的那个老年男人曾多次来过公寓,但待的时间都不长,有一次父女两人在楼道里有明显争吵的迹象;经过查询出境记录,显示古谷沙希于4月16日出境,前往国是中国……安藤上次告诉我关于古谷出境的消息时,我长舒了一口气:"你这是典型的杯弓蛇影啊。我说什么来着,还不是出国玩疯了?不是我背后说人坏话,像古谷这种一直不结婚的老姑娘,向来独来独往,既不会关心人,也对别人的关心迟钝或无感,所以不能按对待常人的逻辑去对待。"尽管我的话当时并没有彻底让安藤放心,但这个消息毕竟比发现了古谷的尸体要让他踏实许多。

"我过去怀疑古谷被人杀了,现在却开始怀疑古谷杀人了。"安藤刚点完他的烤肉定食,就神神秘秘地低声给我说了这么一句没头没脑的话。看见我一头雾水的样子,安藤说:"昨天青木刑事告诉我,他们查到了老古谷的住所,进屋搜查时,结果发现老古谷在里面已经死去多时了。"

"你又来了安藤,你是想说,你怀疑古谷杀了她亲爹吗?就为从小被抛弃这么点事,而且也已经过去那么多年了,谁会因此去动手杀人?再说了,古谷就算脾气再大,毕竟是个瘦弱矮小的女人,她就算有杀心,也没有那个能力啊。"我一听就忍不住嚷嚷了起来,引得周围进餐的人直往我们这边侧目。

安藤"嘘"了一声,然后不急不忙地给我分析了他如此怀疑的理由。据他说,警察是在一个老旧住宅里找到古谷龙太郎的。他的尸体被冷冻在一个很大的冰柜里,死因是中毒身亡。安藤表示,尽管警方还没有确定死者到底是自己服毒身亡,还是别人投毒所害,但他有百分之八十的理由相信,是古谷毒杀了自己的亲爹。安藤不顾我的嘲笑,耐心地解释道:"你是没有看青木刑事私下让我看的尸体照片,如果看了照片,你估计也会认为是古谷杀父了。"据安藤描述,老古谷的尸体呈跪姿存放在冰柜里,头发经过了精心梳理,胡子刮得干干净净,身上穿着一套崭新而考究的"Attolini"牌西装……"你觉得这可能是老爷子自己服毒,然后静静地跪在冰柜里等死吗?"安藤反问道。我不解地说:"有什么不可能?仪式感越强,自杀的可能性越大。"安藤却不容反驳地说:"不可能!老古谷是个永远胡子拉碴、不修边幅的人,从来都不在乎仪式感。仪式感是一种对外表达,超级重视仪式感的人,恰恰是古谷沙希!还有一点,你根本就不知道她对自己父亲的恨意有多强烈。"

我从内心还是无法认同安藤的推论,但也找不出反驳的理由,加上自己身心都处于濒临崩溃的状态,便中断了和安藤有关这件事的讨论:"要怀疑也应该由警察来怀疑,在没有结论之前,作为朋友,我们应该做的,是相信她的清白。快吃吧,你的烤肉饭都要凉了。"

安藤用他那双胖鱼一般的泡泡眼打量着我,忽然说:"你这样下去,会上头条新闻的。"见我一头雾水的样子,他坏笑道,"今天网络上的热点新闻是,一个女孩减肥未果,反倒减出了神经病!"

二十二

井上勉自从出生到现在的十六年时间里,我曾三次带他回北京看过我的家人,时间分别是他3岁、5岁和11岁时。带他回去,纯粹是为了缓解我和父亲之间长久而深刻的隔阂。但每次回去,都没能取得预期的效果。不管我对勉的情感如何,但平心而论,勉是一个长相俊美、招人怜爱的孩子,这也是我试图以此敲破横亘在我和父亲之间巨大坚冰的原因。但本来就无缘由地反感日本、因"自己唯一的儿子也被这个混蛋国家掠夺了过去"而更加仇视日本的父亲,面对这个乖巧温顺的孙子,心情似乎异常复杂:一方面,按父亲的话说,这孩子"怎么说也是老罗家的骨血"；而另一方面，他身上又混杂了日本人的基因，老罗家的血统是被严重污染了的。所以过去三次带勉回国，父亲总表现出一种不冷不热的态度，既不表达喜爱也不过分冷落。那时勉还不会说一句中文，所以父亲和自己的这个孙子既没有肢体上的接触，也没有言语上的交流，这让我从开始抱有幻想到最终彻底绝望。我觉得勉不仅不可能成为缓解我和父亲关系的纽带，而且是加剧我们之间矛盾的又一砝码。

但在刚刚过去的这个新旧年交替之际，我貌似早已定型的人生状态，忽然发生了天翻地覆的变化：首先，惠子在几乎毫无征兆的情况下死去了，原本老少三代的四口之家，瞬间失去了一代人；另外，勉独自去北京爷爷家待了整整一个月的时间，原本形同陌路的爷孙两人，不知何故像离散多年忽相逢的亲人一样，感情热度瞬间爆棚。先是父亲在打给我的电话里对孙子极度夸赞；其次是勉逾期迟迟不归，然后是父亲放弃前嫌，欣然在勉的邀约下初来日本；再下来就是父亲几乎不再给我打电话，而是直接和孙子以电话、微信的方式保持着频繁的联系……我惊讶地发现，在失去惠子这个上一代人之后，我又在以另一种方式逐渐失去勉这个下一代人。

从6月中旬开始,我从父亲和勉国际长途通话时的只言片语中,隐约觉得这祖孙二人正在讨论一项暑假旅游计划,线路似乎尚未确定,备选之地尽是诸如云南、西藏、新疆等偏远之域。基于只有我内心清楚的原因,即使自己想成为一个好的父亲,那也只是在努力扮演好一个父亲的角色,与父亲的真实身份永远都有着不可同日而语的差别,所以我和勉的关系一直也不是很亲密。眼下又正值他青春叛逆的时期,所以要想阻止他们爷孙的旅行计划,我只能选择给父亲打越洋电话。

电话是6月19日打的,这天是父亲节。我拨通电话后,有些做贼心虚地对父亲说:"老爸,今天是父亲节,祝您节日愉快。"电话那头父亲窃笑了一声,然后说:"你好歹也是个作家,我问你,如果一个从来不走动的人,忽然提着礼物上门来看你,你会怎么想?"我确实被将了一军,不无尴尬地说:"我知道您这话后面的意思,不就是'黄鼠狼给鸡拜年'吗?您看您,总把事情往不好的方向想。多年不走动的人提着礼物上门,极有可能只是想缓和关系,以便日后能经常走动而已……"父亲却打断了我:"你是我儿子,我能不了解你吗?好了好了,你的孝心我领了。有什么事,你可以直接说了,再不说,我就挂电话了。"我停顿了片刻,只好说:"我这几天听见您和勉通电话,暑假里他是否又想去北京啊?"父亲说:"对啊,我们还计划出去旅游呢。什么叫'又想去北京'啊?孙子长到16岁了,来看过我几趟?你是不是还觉得来多了?你是不是怕花钱啊?我什么时候让你花过钱?包括勉勉的来回机票都由我掏,你不用怕啊。"老父亲明显动了火,说话的声调越来越高。就如同过去每次和他发生冲突一样,我彻底被父亲的气势镇住了。我甚至忘记了打这个电话的初衷,而是赔着笑脸道:"您看看您,都退休了,脾气还这么暴!今天父亲节,我打电话就是问候您,顺便问一下你们的安排。我在西藏、新疆都有一些作家朋友,看看需要不需要帮忙。"电话里父亲的语气果然平和了下来,但他依旧不屑地说:"再怎么说,我也曾是京城机关的处长,不管走到哪里,关系也比你一个作家要硬。"

挂断电话后,我的心情越来越感到郁闷。自己阻拦这对祖孙的愿望不但泡了汤,反而自取其辱地被父亲嘲讽了一通。我打电话时,桃香一直在餐桌上画画。这段时间里,这个智障女人对作画痴迷得几近到了废寝忘食的程度。这样伏案作画的状态,比她过去无休无止地摆弄沙漏自然要显得正常很多。更何况桃香在惠子死亡之后,一直停滞增长的智力明显开始重新发育。可能是注意到我挂断电话后脸色十分难看,一直沉默不语的桃香忽然说:"爸爸最近嘴里有一股难闻的味道,上火了要多喝水。"她的话一下子让我愣住了。和往常一样,每次我出去和妓女鬼混一次,不管回来后我如何一遍又一遍地清洗身体和所穿的所有衣物,一遍又一遍地喷洒各种去味剂和香水,我总能闻见自己从内到外所散发出来的一种令人作呕的气味。这是一种让人不辨类型的奇怪的臭味,尽管我已经对它十分熟悉,却依然不清楚它到底来自何处。过去我一直认为,也许这种臭味并不真实存在,而是我做了龌龊之事后的心理暗示,是一种"灵魂腐烂发臭的气息"。因为过去从来没有人察觉到它的存在,就连有一次我心虚地问向来对异味特别敏感和挑剔的惠子道:"我身上最近似乎有一股什么味道,您能闻到吗?"惠子凑过来闻了闻,神色疑惑地说:"没有什么味道啊。你是否又偷着抽烟了,心虚了吧?"……桃香刚才看似不经意间的一句话,却让我起了很大的疑心:或许"灵魂腐烂发臭的气息"并非只是自我心理暗示,而是一种神秘却真实的存在？又或许桃香并非一个智障的简单女人,而是一个以此身份来伪装自己的灵魂偷窥者？……我愣愣地看着桃香,恍惚间觉得她的嘴角掠过一丝不易觉察的暗笑。

这天是星期天。低沉的气压和闷热的暑气,让我内心的烦乱根本无法排遣。黄昏已经来临,外面的马路上传来了一阵野良猫饥饿的叫声。我无法静下心来写作,便打算到附近的旧中川边上去散步。刚出门,就看见勉从不远处的小巷里朝家走来。他吹着口哨,一副人逢喜事精神爽的模样。坦率地说,我不但对勉没有什么太深的情感,相反,潜意识里总怀有舍弃之意。可令我不解的是,看见他这副快乐的样子,想起老父亲与他亲密的结盟,我心里居然涌上一丝被背叛和遗弃的凄凉。

我像个羞耻的失败者一样,逃一般快步朝河边走去了。

二十三

6月22日这天,由于桃香要去参加"绿之会"组织的活动,我熬夜写作到凌晨两点才睡,六点刚过又只得起床做早点,然后叫醒桃香,招呼她洗漱完毕,又去楼下喊儿子勉。一家三口吃过饭后,勉去上学,桃香在家门口上了"绿之会"的小面包车,我才感到一阵阵强烈的困意袭来,回到卧室打算好好睡个回笼觉。可刚睡着没多久,却又被一阵急促的门铃声吵醒了。

我有些懊恼地出门看时,只见一个身穿职场制服的年轻人站在门口,一看就是上门搞推销的。他见我出来,立即满脸堆笑地深鞠一躬道:"早上好!

打扰您了。"我心说："我×！你既然知道打扰我了，还他妈的来干什么！"但年轻人毕恭毕敬的态度，就算我心里有多大的火，也只能条件反射地直摆手："没关系，没关系的，不用多虑。"年轻人一边从包里掏资料，一边小心翼翼地问："请问您今年贵庚？"我说："已经过五十了。"我以为年轻人是来推销中老年保健品之类的，不料他却递上一份印刷精美的宣传材料，诚惶诚恐地说道："我是清乐苑的销售代表，想给您介绍一下我们最近推出的墓地项目。您这样的年纪，也该是考虑后事的时候了。考虑得越早，在经济上越划算，而且眼下我们正在搞优惠活动……"我开始还客气地听着，但最后还是忍不住打断了他的喋喋不休："谢谢你的推荐，不过你已经来晚了，好几年前我就已经买好墓地了。"大概我的表情还是暴露了内心的不悦，年轻人见状立即又一次连鞠数躬："对不起，实在对不起，给您添麻烦了。"然后惶恐地转身离开了。

我的不悦并非是因为晦气。日本人的死亡观和中国不同，上门给活人推销墓地在他们看来就和推销保健品没什么两样。让我忍不住愤怒的，只是自己的睡眠又一次被打搅。我回到楼上，看看挂钟已经指向10点50,知道回笼觉就这样泡汤了。推销员倒是无意间提醒了我:有些日子没去惠子的墓地了,今天空闲,何不过去看看她?

惠子死后的安葬方式,曾一度让我举棋不定。她的遗族劝我选择纳骨堂,好处是费用低廉、祭拜方便且不用自己维护。但我想都没有想就否决了。因为我无法想象将惠子的骨灰盒像图书馆里的某本书一样,编成序号放在密密麻麻的架子上,需要祭拜的人刷卡进入阅览室一样的灵堂,然后惠子的骨灰被传送带推至面前……我懂惠子,她是个喜欢自由的人,生前已经遭受了太多的束缚和局限,我怎么可能让她死后依然被禁锢于密室?如果按我的真实意愿,是不想将惠子的骨灰下葬,而是直接供奉在家里。之所以最终我还是选择在附近的常光寺灵场花二百多万日元购买了墓地,是因为惠子的骨灰如果存放在身边,总会让我乱念涌动、心绪不安。这不安当然不是出于活人对死人的恐惧,而是出于我和惠子昔日那种微妙距离和关系被打破的尴尬。

常光寺距离我的住处不远,坐公交车两站,步行也就20分钟。由于家里养的花木都死了,我便顺道在香取神社不远处的那家小花店里买了一束鲜花。

过了福神桥,沿北十间川一直往东,不久便到了常光寺。寺院空无一人,大殿和寺事务所也静悄悄的恍若废屋。墓地在寺院左侧,入口处有一座两人高的汉白玉坐佛像,垂头闭目,状如打盹。墓地里密密麻麻地立满了大同小异的方柱形石碑,石碑后插满了写着不明其意的梵文的卒塔婆[①]。惠子的墓碑在最深处,石碑崭新且光秃秃的,给人以不合群之感。令我惊讶的是,两个不锈钢花插里并非枯花,而是新换的鲜花,墓碑也被擦拭得干干净净,显然近一两天有人来为惠子扫过墓。上次我来这里是半月前了,情况和今天如出一辙。我承认自己对神秘的扫墓者或扫墓者们抱有强烈的好奇心,我也满可以通过蹲守弄清真相,但理智让我选择了回避。就如同惠子刚死时我对待她的私物一样,虽然怀有强烈好奇,但还是毫不犹豫地让专业公司清理掉了。

我没有把神秘访客的鲜花换掉,而是将两束合成一束,然后把我带去的鲜花插在了腾出来的花插中。我把带去的一瓶清酒摆在墓碑前,点了蜡烛,敬了香,然后盘腿坐在了墓碑前。在步行过来的路上,

---

① 舍利塔。

我想到了许多要跟惠子说的话,比如告诉她桃香的状况正在一天天好转,让她尽可以在彼岸放心;和她交流一下我正在写作的小说,如果想象中的情节有所冒犯,望得到她的原谅……可到了这里,我却半天都不知道说什么好。恍惚间惠子就坐在我的对面,身穿华丽和服,一双玉手轻搭膝间,眼神充满鼓励地说:"别紧张,大胆说,一开口就会变得轻松起来。"……三十年前,在北京那个满目一片褐黄的冬天里,我第一次见到宛如女神降临人间的惠子时,紧张得连自我介绍都说不出口,惠子就是这样鼓励我的。但惠子的鼓励不但没有奏效,反而加剧了我的紧张,我当时憋得脸色通红,在北京的寒冬里居然出了一身细汗。而这种模式从那天起,就一直延续在我和惠子日后漫长的生活中。

　　说不出话,我也不勉强自己,就这么静静地在墓碑前坐着。六月的阳光笼罩着这个似乎被彻底遗忘了的寺庙和墓园,让一切像死亡般悄无声息。我觉得在粗大而有质感的金黄色光线中,自己的感觉、意识、思维,甚至身体里的所有水分被统统蒸发,我如同墓园入口处的那尊佛像一样,正被彻底固化为一个纹丝不动的静物……

一阵孩子们的嬉闹声从远处飘来,将我从冥想之中拉回了现实。我转头望去,只见远处的马路上,正有三五成群的小学生背着书包、戴着小红帽,一边嬉闹玩耍,一边由东往西而去。我没有戴表,不知道确切时间,但如果没有特殊情况,小学生放学的时间应该是接近四点。

"我×!一不留神半天就过去了。"我嘟囔一声,赶紧站起身来,朝惠子的墓碑深鞠一躬,"惠子小姐,反正我该说的一路都念叨了。如果有什么做得不对,你托梦也罢,显灵也好,及时敲打就是了。"然后转身就出了常光寺。刚出寺门,头顶梧桐树的枝叶间忽然传来一阵乌鸦的聒噪,随即"啪"的一声,有什么东西落在了我的头顶上。我伸手一摸,居然摸到了一手新鲜的乌鸦屎。

"惠子小姐!"明知是巧合,但我不得不将它联想为惠子对我的敲打,随即忍不住笑了,"不就说话带了个脏字吗,何至于搞这佛头着粪的恶招!"

二十四

在一年的绝大多数时间里,东京都是一个绿色满目的城市。即便到了冬天最冷的时候,很多四季常青的植物也不会让它变得像北国之冬那样荒凉。但虽然如此,每个季节的绿色却是各不相同的。进入夏季以后,各种植物进入生长的高潮期,郁郁葱葱的植被让满目的绿色有一种燃烧般的热烈。我总无厘头地拿自己和植物做比较,觉得自己一直是个对东京水土不服的旅人:在万物竞相生长的夏天里,我总是情绪萎靡,整日昏昏欲睡;而已到天气相对转凉、万物开始走向衰败的秋冬季节,我则反向而动,变得思维敏捷、精力充沛。

天气越来越热了。在夏天强烈阳光的照射下,旧中川开始散发出一种腥臊的味道,总让我怀疑有成群的鱼虾正在高温的河水里死亡和腐烂。但其实不然,夏天是旧中川最富生命力的季节。树木繁茂,苇丛摇曳,雀鸣鸭唱,雁飞鹭立……无论植物还是动物,都透露出一种刻意张扬的喧嚣和热烈。而这种热烈,更衬托和放大了我在这个季节里的萎靡和虚弱。

这不光是我对旧中川夏天的印象,也是对已经在大火中丧生的小泽真珠的印象,是她用文字留存下来的昔日对这条小河的印象。

自从三木老太太将女儿遗留下来的那本厚厚的日记交到我手上后,那些对昔日时光时断时续的记录,不但将我带入了一个陌生女孩隐秘的成长史,而且弥补和丰富了我对已经安身数十年的东京这片下町地域的认识。小泽真珠,不,那时她还叫三木真珠,就是在旧中川附近降生并长大的。她并不连续的日记时间跨度很长,从小学五年级开始,最后一篇终于今年2月6日。那天是她和小泽去办了离婚手续的日子。在长达二十多年的时间跨度里,日记中关于旧中川的记录几乎贯彻始终。这条小河在岁月中的变迁、河边见闻以及四季的不同景色,一直充当了连接这个从小就满腹心事的少女成长经历的线索，甚至是一道不可或缺的背景。

阅读三木真珠的日记，不是在阅读一本叙事流畅的书籍，而更像是在阅读一本看不到或看不懂的书籍的注释。比如在她成为吾嬬立花中学学生的第二年的夏天，似乎在她的人生中发生了一个重大事件。那段时间的多篇日记都与此事有关，记录了此事带给她的哀伤、无助和沮丧。这个可怜的少女，竟因此萌生了自杀的念头。她在那年6月24日的日记中写道：

> 在这个酷热的季节里，旧中川散发着一股难闻的腥气，即便到了晚上也无法消失。夜很深了，我刚从河边回来。我重新回到了这个家里，却不知道自己的选择对不对。如果刚才我真的绑石沉河，那个心如蛇蝎却要被我称作妈妈的女人，心里该感到轻松许多吧？这正是我选择放弃自杀的原因，我不能死，我现在活着的唯一目的，就是要成为她的眼中钉、肉中刺……

对她造成了如此重大伤害的"那件事"，我仔细翻遍了整个日记，终究也没有搞明白到底是桩什么样的事件。

三木真珠的日记,确实验证了三木老太太当时那句让我匪夷所思的话:"她恨我,她真的恨我不是一天半天了。"虽然无论从时间上还是事件记述上,日记的内容都不连贯和完整,但多个细节的碎片却也拼接出了少女三木生活的大致状态。居住在向岛三丁目的一个"平屋住宅"内,家庭成员由自己、父母及父亲的一个弟弟构成。父亲是个酒鬼,除了偶然出去做些短工外,整日把自己喝得醉醺醺的。未婚的叔父是一家印刷厂的职员,他的薪水是维持家计的主要来源。日记里对母亲三木由直的描述比较模糊,在大量充斥着对这个女人厌恶、鄙视、仇恨等强烈情绪的文字中,我却无法判断出三木由直的具体生活状态:她是全职主妇还是出去做工?她有没有什么个人嗜好?她性格温和还是脾气暴戾?等等等等,都不得而知。所有涉及母亲的文字,少女时代的三木真珠都会明显情绪失控。她无法继续客观而理性的描述,文风立即就变成了喋喋不休的抱怨和诅咒。这样的状况一直持续到父亲酗酒死亡以后,日记的内容里便完全没有了任何家人的影子,给我的印象似乎是死亡的并非父亲一个人,而是除了自己之外,所有的家庭成员都彻底消失了。

读一本书的注释,必然会勾引起你阅读原书的兴趣。但我被这本日记所勾起的好奇心,却注定无法得到满足。昔日的三木真珠已经死于一场据称是自杀和谋杀双管齐下的火灾,我对这个女人成长经历中的所有好奇,都只能通过自己的想象去满足了。我努力回想有关这个女人的所有记忆,却一点都无法将她和文字背后那个性格刚烈、戾气十足的少女重合起来。我认识三木母女快二十年了,在我的印象中,女儿真珠一直是个温和善良的女人。她脸上总是挂着平和的微笑,见人礼貌客气,说话轻声轻语,完全属于那种不可能牵涉到任何生活纠纷的人。可就是这个给了我十多年柔弱平和印象的女人,却从少女时代内心就充满了令我震惊不解的仇恨。我甚至开始相信,这个被离婚折磨得趋于绝望的女人,在决定放火自杀的时候,也许真的想同时将自己的母亲置于死地。

还有一点也让我充满了疑惑:日记后半部分所记录的,都是三木真珠结婚以后的生活,但在这部分内容中,不仅没有一直和她共同生活在一起的母亲的影子,甚至也找不到有关她丈夫小泽的只言片语。日记的后半部分和前半部分文风截然不同,文字中不再有喋喋不休的情绪宣泄,不再有抱怨和咒骂,甚至连带有情感倾向的表述都很少,而是完全变成了诸如"町会组织夏祭。六时去,八时归,路遇浦生太太""今天周日,逢BLEX举办早市。九时去,购鸡蛋、水果等物"之类的流水账。

这本意外得手的日记给我带来的强烈好奇,与其说是对自杀者本人的,不如说是对她所描述的家庭关系的。我无法想象真珠的母亲做了什么,才能引发一个少女如此强烈而长久的仇恨。我也无法知道,既然三木老太太知道女儿对自己怀有如此刻骨铭心的敌意,而两人又如何能做到平静相处,在外人眼中完全是一对正常的母女……每次翻看这本日记,我都会萌生出去找三木老太太求证的欲望,但却每每念起即止。因为在我看来,尽管三木老太太谈及女儿的死亡时故作轻松,但我相信那是她心头的一道永远无法弥合的创伤,稍一碰触就会鲜血直流。

天气越来越热了。傍晚我去旧中川边上散步时,就如同三木真珠在日记里所写的那样,旧中川河水所散发出来的难闻的腥味,开始变得在夜间都无法消失了。

二十五

在这个炎热的6月里,一个名叫中内千夏的女孩子试图将我拖入一场充满危险的爱情。这个意外事件的结局一点都不意外,和过去历次类似事件的结局如出一辙,是从刚一开始就注定了的:我的表演又一次被外人涂抹了一层光鲜的道德油彩,而自以为陷入爱情中的女孩中内,则被自己射出的丘比特之箭反弹回来穿透了脆弱的心脏,成了一个伤痕累累、自怨自艾的生活的失意者。

中内是大四女生,是我所教精读课班上的学生之一。我在外人眼里可能是一副道貌岸然的样子,不近女色,老成持重,但这只是表象。我越来越赞同古谷沙希的观点,表象并非伪装,只是真相的一个侧面而已。比如很多人知道我非常喜欢孩子,其实这也是表象。我并非只要是孩子就喜欢,我只喜欢那些长相如同天使一样美丽的孩子。我不是个人们普遍认同的那种善良人,对于相貌丑陋的孩子,我会表现出一种残忍的厌恶,甚至曾偏激地认为他们是邪恶生命的转世。同样,我也并非大家认为的那样不喜欢女人,我只是不喜欢不漂亮的女人而已。中内千夏是个皮肤黝黑、相貌平平的女生,我起初并没有在意她异样的热情,但当我明确意识到她对我这个大叔怀有爱慕之意的时候,她内心的爱情之火已经呈燎原之势了。我一次次善意的告诫和拒绝,不但没能浇灭这场失控的爱情之火,反而起了炉中添炭的反效。中内在我的不断拒绝中越来越疯狂,以至于变成了连她自己都感到陌生的纠缠……我内心天生的残忍再一次显露了其狰狞的面目,我在极度失去耐心的厌倦中给中内回复了最后的短信:

> 我不像你想象的那样美好和道德,不是婚姻阻止我接受你,是你自己!

中内千夏总算退出了这场结局早已注定的无谓的角逐,她甚至退掉了中文精读的选修课。后来我在校园里偶然碰到过她一两次,她看见我就远远地躲开了。我在感到一丝伤感的同时,更多的却是庆幸。为自己,也为这个情窦初开的姑娘。我心里十分清楚,并非所有萝莉爱大叔的感情都没有归宿,但在我这里却注定没有。

中内千夏昙花一现的爱情,只是这个夏天里我"运交桃花"的开始。随着连载小说《圣徒的眼泪》在读者中影响的迅速扩大,我像一个摆在货架上多年无人问津的旧货被贴了新的商标,忽然变得抢手起来。不仅多家在日华文报纸主动寻上门来,约稿的约稿,访谈的访谈,就连不少日本媒体也刊发了相关报道。对此,毛燕北曾夸张地说:"我×!照这架势下去,我以后找你喝个小酒,估计都得提前半年预约了。"这话虽然是戏言,但约饭约酒约见面的人,确实多得让我无法应付。每天源源不断涌来的书信和邮件中,有不少来自明显表达爱慕之情的各种各样的陌生女人之手。对这些来信和邮件,我一律没有回复过。我不是一个缺乏好奇心的人,而是人生的绝大部分都是套路,根本没有传奇式的结局值得期待。我表现出来的淡然甚至冷漠,在毛燕北眼里,在很多自以为熟悉我的朋友眼里,却永远都充满了修炼者身上自律的道德光辉。

来自别人的这种赞许像一个双面镜:其一面具有美化和放大功能,让我看上去面相庄严,像圣人一样连自己都为之陶醉;而其另一面却是照妖镜,我清晰地看见了另一个自己,一个真实的自己——懦弱、卑怯、猥琐,一切所做和所想都充满矛盾……我觉得自己像一个嗜毒成瘾的人,一方面沉溺于毒品带来的快感和幻觉,一方面充满被拯救的渴望。我不止一次想过写一部类似《忏悔录》的心灵自传,撕开外人眼里华丽的包装,让自己内心不可见人的丑陋和黑暗彻底曝光在众目睽睽之下。

我注定只会纠结于这样的想法,而不会真的付诸行动。我甚至都怀疑,如果有人替我撕开我看似道貌岸然的外表,自己能否真的承受那些不堪入目的丑陋和黑暗。

7月2日是星期六。这是一个普通而安静的周末。早饭过后,儿子井上勉一言不发地出门去了。最近他已经开始准备暑假去中国的事,不是今天买回一个新的旅行箱,就是明天又购回数双旅游鞋和登山靴。我知道仅靠勉自己所积攒的零花钱,根本不足以支付这些消费。而他只是个没有收入的学生,所以唯一的可能就是父亲从北京给他汇了钱。尽管我心里为此感到失落,但却只能保持沉默。我既不能数落儿子,也不能抱怨父亲。所以勉不在家倒让我眼不见心不烦。整个上午我都在书房写作,桃香则俯身在餐桌上画画。时间如安详的流水,化为了墙壁上那挂闹钟不知疲倦的"嘀嗒"声。这是一副让我觉得久违了的居家气氛,和平安详,让人踏实。与昔日不同的是,过去这种气氛的主导者是惠子。现在惠子死去了,我一时不知道是什么填补了这份缺失,是发生在桃香身上的变化,是屋子中自惠子死亡后那种我随时可以感知的神秘气息,还是忽然在我感觉中突显出来的时光的流逝。

十点半,我沏好茶给桃香倒了一杯。我看见她在画一个巨大的沙漏。那些沙子被她画成了古怪的红色,如同正在流淌的鲜血。沙漏最近成了桃香痴迷的又一画画题材,我总觉得她在找一条通往某种记忆的道路。我把茶放在一旁的茶几上,轻声道:"桃香,喝点茶,休息一会儿再画。"桃香抬头望了望我,却自言自语地说了一句令我不解其意的话:"勉出生在冬天还是夏天?"

我正琢磨桃香何故说出这样的话时,手机却响了起来。我掏出来一看,上面显示的是毛燕北的名字。毛燕北说:"下下个周六周日你别做安排,报社组织登富士山,你是特邀嘉宾。不光所有费用报社出,还有几万日元的机动费用。"我问她道:"下下一个周末是几号啊?"毛燕北说:"16、17号两天,你可别告诉我你没有时间哦,我刚好有事和你聊。"我说:"我争取吧。井上勉暑假要去中国,估计我得送他去机场。"毛燕北说:"咦,你老爹不是不认这个日本孙子吗?你儿子年初刚回去过,怎么现在又要回去?"我苦笑道:"现在他不是不认日本孙子,而是不认中国儿子了。"毛燕北说:"老爷子看到那些报道了?"我不解地问:"什么报道?"毛燕北却说:"网上那些关于你的负面评论呗,估计觉得给自己丢人了。其实这是好事,越有争议,说明你越红。"

我打电话的过程中,桃香停下了手中的画笔,一直若有所思地望着我。我刚挂断电话,她忽然想起什么似的说:"勉是冬季出生的,那天东京下了很大的雪。"

二十六

自从6月份开始做非常勤讲师以后，我和安藤见面的机会自然比过去多了好几倍。安藤既是我的老朋友，又是慷慨地将这个多人争夺的饭碗给了我的恩人。按说我应该更乐于像过去那样，一起吃饭喝酒，一起谈点正事或聊些闲天。但我发现自己却似乎在开始躲着安藤。每当课快结束的时候，我都会心虚地从教室窗户往外看，看肥胖巨大的安藤是否准时等在了不远处的那个花坛里。好几次我见花坛里没有他的影子，刚想快步开溜时，安藤却从旁边冒了出来，不满地说："你是不是有意躲我啊？"我只好一面嘴上说："哪里，我正四处看着找你。"一面束手就擒地跟着他去吃饭喝酒。

我之所以怕了和安藤聚会,是因为古谷失联一事,让这个肥硕胖大的家伙,彻底成了一个让人痛苦的话痨。无论是中午快餐还是晚上酒局,无论时间长短,他的话题除了古谷,还是古谷。其实古谷的失踪案陷入了死胡同,很长时间毫无进展。但越是没有进展,似乎越能激发安藤讨论案情的热情。这个家伙沉浸在对古谷各种可能性的猜测之中,并逐一用严密的逻辑进行论证。他沉浸在自己的想象中,自言自语,滔滔不绝,其实只是把我当作一个听众,根本就不在乎我的反应……

7月初的一天中午,课后一起在学校食堂吃饭时,面对安藤再次的喋喋不休,我忍不住说道:"安藤老师,你老实坦白,你和古谷是不是曾经的情侣,而且是那种本该生死与共的情侣?"正喋喋不休的安藤,被我这个意外问题弄得脑子一时短路,愣在那里半天才说:"你怎么总是不按常理出牌?"我说:"你就招了吧,别憋坏了身子。如果你们不是情人,你怎么可能对古谷的事如此废寝忘食?"安藤的眼神看上去有些恍惚,他似乎内心纠结了半天,最后竟然眼眶变得有些湿润起来。安藤向来是个乐天派男人,自从我认识他以来,还是第一次见这个体型庞大的男人眼含泪花。

"看看,我就知道被我猜中了。说出来吧,我又不是外人。"看见安藤像个无助大男孩的样子,我竟有些想笑。

安藤似乎犹豫了片刻,说道:"你猜对了一半。我和古谷从来就没有过肉体关系,但我们确实应该算是生死与共的恋人。这听上去有些像是冠冕堂皇的假话,但实情就是如此。你信吗?"我几乎是条件反射似的直点头:"我信,我信,我当然相信了。"安藤说:"古谷的秘密,如果不是她出了事,我本来是打算烂在肚子里,到死都不会给任何人说的。"

关于古谷童年的心酸往事,最近这段时间里,安藤唠唠叨叨不知给我讲了多少,但这天他讲出来的秘密,还是让我深感震惊。原来古谷对父亲龙太郎的憎恨,并非自己和母亲被这个男人遗弃那么简单,而是她在15岁的时候,遭到了父亲的强暴!古谷曾经给安藤讲述过事情的整个经过。由于自小古谷龙太郎就常年在东欧某国做生意,一年中回日本的时间非常有限,平日家里只有母女二人一起生活。所以每次父亲回家,都意味着各种各样新奇的外国礼物和食品,一家三口的频频外食,一年四季愁眉不展的母亲脸上难得的笑容……所以在古谷沙希的心目中,离多聚少虽然让父亲永远有一种陌生感,但盼望着这个男人回到家里,却是她想一想都觉得快乐的事。但15岁那年的暑假,临时回到家的父亲给她带来的却不是快乐,而是一场延续终生的毁灭性灾难。那年回到家的父亲似乎遇上了什么烦心事,不但总是和母亲争吵,而且几乎天天外出独自喝酒,然后醉醺醺地回到家里。有一天晚上,又喝得酩酊大醉的父亲和母亲再一次不知何故发生了激烈的争吵,忍无可忍的母亲摔门而去。只有15岁的古谷躲在自己的房间里,听着父亲野兽一样的咆哮,吓得缩成一团,瑟瑟发抖。她以为母亲逃离能让暴怒的醉鬼平静下来,但令她做梦都没有想到的可怕一幕忽然疾风暴雨般地降临到了她的身上。父亲嘴里一边大骂着,一边挨个踹破每间屋子的房门,当看到蜷缩在角落的自己时,这个男人发出了一阵让她难以置信的狞笑:"婊子,我看你还往哪里逃!"……

讲到这里,安藤的情绪反倒渐渐平静了下来。他叹了口气,说道:"我家和古谷家一直是邻居,我们是从小一起长大的,真正的算是青梅竹马。高二的一个夏天,我们几个关系要好的同学暑假出去旅游,我借机向古谷表白时,她回绝了我,并向我说出了这个连她母亲都不知道的秘密。在以后的许多年里,我都试图用真情温暖古谷那颗受伤的心,但她从来都不给我任何机会,她甚至故意用混乱的两性关系让我死心,她曾经说我是世界上唯一不可与她上床的男人。这其实与我本人无关,而是她对自己被粗暴剥夺的少女之梦的祭奠。我之所以后来仓促结婚,就是为了让她平静下来,不再故意伤害自己。"

这是一个令人伤感的爱情故事。我瞬间理解了安藤这段时间里六神无主的精神状态。但我还是对他关于古谷杀父一事信誓旦旦的推理感到怀疑:尽管这是一桩足以摧毁一个少女人生信念的可怕事件,但事情已经过去了这么多年,仇恨的情绪即便没有消除,但也没有理由发酵和加剧。如果古谷有杀父之心,也没有理由一直等到对手成了一个耄耋老人才去复仇。安藤说:"那件事之后,古谷的父亲再也没有回过家,甚至她母亲去世时都没有露面。古谷成年以后,我在她口中再也没有听到关于父亲的任何只言片语。但那并不代表着对铭心刻骨仇恨的遗忘,而是刻意对痛苦记忆的封存。我敢断言正是龙太郎的复归,重新打开了古谷的记忆之门,让蓄积已久的仇恨找到了宣泄的出口。"

我对安藤固执己见的推理不置可否,而是不屑地说:"你和古谷原本一桩青梅竹马的美好姻缘,都因为那个畜生的作孽而化为了千古之憾。我觉得你对那个老家伙的仇恨,应该并不亚于古谷本人。如果我是警察,也会把你作为这桩命案的怀疑对象。"安藤听后大笑了起来:"你的婚姻太平顺了,缺乏对爱情的深刻理解。正因为我和古谷并没有进入爱情本身,生死与共的爱情才得以留存。如果没有生活中的这个意外,我们顺利恋爱、结婚、生子,结局是什么?不是厌倦到离婚,就是成为毫无激情的生活搭伙者。只有存在于幻想中的爱情,才有可能持久地保持空灵和浪漫。"

我本来还想反驳安藤,但嘴还没有张开却又闭上了。因为我看见一个熟悉的身影走进了食堂大门,那是中内千夏,一个在这个夏天里因为对我的妄念而失去了应有的快乐、变得郁郁寡欢的少女。

"确实如此。"我有些无可奈何地说。

二十七

7月9日星期六,我本来计划开车带桃香去东京都多摩地区的稻城市。我初到日本时房东的儿子佐佐木好治前段时间打来电话,说他老母亲最近病得不轻,时常在病榻上念及我,询问我有没有时间过来坐坐。老人家曾经对我照顾有加,而且她是惠子的远房亲戚,当年就是惠子介绍我租住了她的房子。我听后立即说:"那还用说,我一直惦记着去看老人家呢,这个周末我就过去。"但8号晚上,一场台风席卷了东京,狂风暴雨肆虐了整整一夜,到第二天仍然没有停歇的迹象。电视新闻报道中,到处是触目惊心的灾害画面:掀起的屋顶,折断的树木,倒塌的围墙和电线杆,摇摇欲坠的广告牌,满地被大风折断的雨伞,灌水的低洼地带……听着窗外像怨妇哭丧一样的风声,我给佐佐木打去电话,延缓了计划中的行程。

做好早饭后,我到一楼去叫勉。却发现他卧室里的被子叠得整整齐齐的,人似乎一夜没有回家。让我感到奇怪的是,勉天生就是个随意而邋遢的孩子,我几乎用尽了各种办法,也没能让他学会生活的条理化。他住到楼下才短短数月,居然学会了自律的生活?我望着叠得方方正正的被子,忽然想起了死去的惠子。在我们一家四口人中,只有她有耐心每天将被子叠得像豆腐块一样棱角分明。我站在光线昏暗的屋子中,觉得惠子并没有死去,她此时就在这幢房子的某个地方,悄无声息地忙碌着什么。

这个台风肆虐的周六,除了中午我打电话在Pizza-La叫了宅配,上午和下午我都在书房写作,桃香则不是在餐厅画画,就是若有所思地看着窗外在狂风中摇曳的树木,两人于安详愉悦中度过了一天。仿佛外面的疾风暴雨越是猛烈,越是能反衬出室内的和谐和温馨。过去惠子外出留下我和桃香独处的时候,尽管桃香也不会惹什么乱子,但她作为一个智障者空洞的眼神、她反反复复将沙漏倒过来倒过去的毫无意义的行为，都会抵消我对她的同情，让我们相处的时间变得漫长而难免令人生厌。我不知道是因为惠子的离去让我对桃香的同情和怜惜有所加剧，还是桃香确实越来越趋于正常，她伏案作画或隔窗看景的样子，都不再是过去我眼中那个智障的女人，而是一个令人耳目一新的淑女，让我感到既熟悉又陌生。

台风刮了一天，到黄昏的时候终于停了。从二楼阳台上望出去，夕阳从黑重的阴云的缝隙中投射出来，将西天染得一片血红。晚饭前，一个突如其来的电话，却在我原本静如止水的心上掀起了另一轮疾风暴雨。

电话是妹妹罗文秀打来的。

在印象中，我旅居日本三十年，来自胞妹罗文秀的电话屈指可数，而且都是在发生了重大意外的情况下打来的。有一次是当时还在处长位子上的父亲被上级纪委叫去谈话，妹妹惊慌失措地打电话给我，说是外面传得十分邪乎，父亲很有可能从此锒铛入狱。还有一次则是她的女儿因为想买新款的苹果电脑，自导自演了一出绑架事件，让同学假扮劫匪给妈妈打电话索要一万元。幼稚的同学没有扮演劫匪的经验,误将一万说成了一百万,并声称如果报案,就将人质塞进化粪池淹死。妹妹中计,六神无主地在半夜打电话给我,希望我能帮她筹到这笔巨款……所以我听到话筒里传来妹妹的声音时,心里顿时紧张了起来。

"哥啊……"妹妹刚叫了我一声,就未语先哭地抽噎起来,"呜呜……"

"文秀,怎么了?你别急,慢慢说,就是天塌了还有高个子顶着呢。别哭了,到底出了什么事?"我嘴上让妹妹不要着急,其实我心里比谁都着急。我脑子飞速地转动着,猜测会是什么样的祸事又找上门来:父母一方突发急患?不省事的侄女又在外面惹出了乱子?……但令我没有想到的是,妹妹抽噎了半天,说出来的居然是这样一句话:"哥啊,恐怕我要和佟小安离婚了。"

我高悬的心一下子放了下来。我说:"一惊一乍的,我还以为出了人命了,不就是离婚吗,多大点事值得这样?你没听人说:'天下三条腿的蛤蟆不好找,两条腿的男人多的是。'行了别哭了,到底为了什么事?"罗文秀一听却哭得更厉害了:"就是要出人命了,离婚就等于要了我的命。"

在我耐心的安慰和劝导下,妹妹的情绪渐渐平复下来,我总算才弄明白了事情的原委。今天是周六,妹妹一家三口照例去父母家探望。午饭定在"北平楼",点的都是父亲平日喜欢的菜肴。本来一场快乐的家庭周末聚餐,却让父亲的口无遮拦搅了局。父亲从头至尾都在谈和勉有关的事,不但对自己这个孙子赞不绝口,并爱屋及乌地把日本夸得天花乱坠。父亲不顾女儿频频给自己使眼色,毫无顾忌地将自己给孙子寄钱、暑假邀请孙子一起外出旅游,甚至将未来自己的住房变卖后去东京安度晚年的计划和盘托出,全然不顾女婿的感受。佟小安后来终于听不下去了,先是就对待日本的态度和老岳父抬杠,话不投机后难免抱怨老岳父对日本孙子和中国孙女厚此薄彼,一碗水明显没有端平……到最后终于吵了起来,父亲吹胡子瞪眼地拍了桌子:"我就知道你摆的是鸿门宴!名义上孝顺我,其实都是冲着我的房子去的。我有钱,用不着你请我,服务员,来,买单!"然后不顾老伴和女儿的苦苦相劝,执意结账后拂袖而去了。佟小安回到家后,满腹委屈化为怒火,全发到了妹妹罗文秀的身上。他痛斥岳父重男轻女,不但对女儿不好,更是对女儿的女儿漠不关心,自己一家这么多年悉心照顾,居然一点好都落不下,北京住房这么大一块蛋糕,居然要全部送给一个"日本杂种"。妹妹本来为了平复丈夫的怒气,替老父亲开脱了几句,说其实父亲没有重男轻女,要不怎么会从小把哥哥送到老家寄养,而将自己留在了身边。不料这更加激起了佟小安的愤怒,大骂妹妹"别人给你脸上抹屎,你倒当成了雪花膏",随即夫妻间又爆发了激烈的争吵,佟小安于是放出狠话:"老子受够了,离婚!"

我明白妹妹打这通电话给我的深意,也知道苍白的安慰没有任何作用,便直截了当地说:"你放心,这个婚不会让你离的。即便父亲主意已决,我也不会让他把房子给勉的。日本孩子一成人就自立,何况井上家还有一份不薄的家产。"妹妹闻言情绪明显好转起来,但还是不放心地叮嘱道:"哥啊,我知道你心疼我,你回头给我家那位打个电话,他要知道你这样开通,老爸再说什么他也不会起急了。"我应诺后挂了电话。想着妹妹刚才哭哭啼啼的样子,我不由得嘀咕道:"庸人自扰啊,如果我把真相告诉父亲,估计他宁可把房子一把火烧了,也不会留给孙子的。"

二十八

上次毛燕北打电话时,说及网上关于我的负面评论,我当时并没有多想。因为二十年前,随着我的长篇处女作《原欲与毁灭》被国内评论界批评以后,由于互联网的普及,网络上关于我的各种评论一直存在。读者口味不同,对这本书的评价自然各异。喜欢的,认定该书具有鲜明的先锋文学特征,对丑陋人性的揭示令人震撼;讨厌的,则断言它纯粹是一本色欲文学,曾有媒体采访我,让我对此书给出评价时,我当时一口拒绝了:"厨子只负责做菜,品尝和打分是食客的事。"我一直不太在乎别人的评价,白菜萝卜各有所爱,别说读者了,就是专业评论家的褒贬也都是自话自说,没有必要太当回事。所以毛燕北说起关于我的负面评论时,我根本没有在意,心里还觉得奇怪:别说我父亲不怎么上网,就算他真的读到了,那又有什么可丢人的?

但很快我就明白了,毛燕北所说的负面报道,并非我曾在网上偶尔读到的那些否定性的书评,而是一篇引发大量转载的对我进行人身攻击的网络文章。

这篇题为《一个中国作家和他的日本爱情》的网络文章,是7月12日上午精读课后,一个名叫齐藤秀忠的男生告诉我的。刚走出教室,这个瘦高的男生叫住了我,有些羞怯地说:"老师,网上写您的事是真的吗?"我奇怪地问:"写我的什么事啊?"齐藤有些讶异:"哦,您还没有看到啊?我发链接给您。"

坐JR中央线回家的电车上,我第一次用手机读到了这篇文章。网名"专扒底裤"的作者不知何人,指名道姓地"揭底"了我"攀附豪门、令人不齿"的爱情故事:

曾以笔名"白屏"出版过流行一时的淫秽小说《原欲与毁灭》的旅日作家罗文辉,通过一段所谓的爱情,终于摇身一变成了日本人井上正雄。罗作家之妻,虽系日本豪门千金,但不仅貌丑如鬼、面目狰狞,而且天生智障,属于床上吃喝、床上拉撒的疯傻女人。罗作家削尖脑袋,施展浑身解数,总算如愿以偿地入赘豪门。过上了挥金如土的奢华生活之后,表面上道貌岸然的罗作家不仅包养情人,而且是东京著名红灯区歌舞伎町许多风俗店的常客……

我在网上搜了一下,这篇文章最初是在一个日本华人论坛上发的帖子,随后被国内一些论坛和门户网站转发,都赚取了不少的点击量。我虽然不知道"专扒底裤"是谁,但基本能断定是个生活在日本的华人,甚至有可能是个和我认识的熟人。因为文章中所"揭底"的内容,虽然没有任何新鲜爆料,但也都是一直在我熟悉的圈子里传播的流言蜚语。首帖的题目是《一个中国作家和他的日本爱情》,到后来被转帖时,变成了《一个中国"作家"和他的日本"爱情"》,目的很显然:我的身份并非作家,而是一个卖身求荣的无耻文人;我的婚姻也并非爱情,不过是各取所需的一桩交易……看完文章我不由得笑了,我觉得带着恶意射向我的子弹,纷纷地偏离了靶心,无一命中。迄今为止,没有人知道我婚姻的真相,别说一帮外人了,就连和我以夫妻名义生活了近二十年的桃香,甚至我死去的岳母惠子,也不知道这个埋藏在我心底永远的秘密。类似的流言蜚语,从我刚入赘井上家,就一直像苍蝇一样在我耳边或近或远地嗡嗡作响。我开始时脸上还有些挂不住,但时间久了,就早已经没有感觉了。我的人生中有许多无法见光的阴暗之处,如果有一颗子弹射中了我掩藏其中的秘密,也许会给我带来致命的打击。可惜这些子弹都脱靶了,我岂有不暗笑之理?再说了,文章的内容到处是不值得辩驳的硬伤:井上家最多算得上昔日家境殷实,离豪门尚差之千里;桃香不但没有文章中描绘的那样丑陋腌臜,相反,她生就一个不折不扣的东方古典美人坯子。如果不是智力有碍,完全有条件成为迷倒万人的超级女优……

在东日本桥站转乘都营浅草线时,月台上步履匆匆的人群中,忽然有人在喊我的名字。我转身看时,却见曾经房东的儿子佐佐木好治!我赶紧走过去,抱歉地说:"你母亲病情怎么样了?上周末不巧赶上了台风,本周末又有别的事,我会尽可能早点抽空去看望她老人家的。"不料佐佐木说："您的心意我领了。不过用不着再操心这件事了,我妈妈已经去世了。"我吃惊地问："什么时候的事?"佐佐木说："8号夜里,就是刮台风的那天。"

我一时语塞,不知道该说些什么。自打上次佐佐木给我打过电话,我是诚心诚意打算去探望病中的老人的。这没有一丝出于礼仪的考虑,而完全出自我对佐佐木老太太的感激之情。当年我以自费留学生的身份初次赴日,在惠子的介绍下租住了老太太的房子。那是位于多摩地区稻城车站旁边的一幢两层白楼,上下各四套房子。我租住的那套一居室位于二楼的最东侧,阳台正对着京王线稻城站的月台。虽然离学校有些远,但乘车非常方便。我是违拗了父亲的阻止执意来日本的,所以比一般留学生的经济条件差得不是一星半点儿。善良的佐佐木老太太不仅常常送食物和日用品给我,而且房租也总是打折和缓收。我迄今仍然记得老太太每年都会送给我一坛自制的梅子酒,那梅子酒的香味迄今似乎仍在我的记忆里飘荡……这个意外的消息,远比网上那篇人身攻击的文章更让我受伤。就是刮台风那天啊,我当时的一念之差,居然就成了永远的遗憾,这让我觉得是时光对我刻意的惩罚。

"太遗憾了……一念之差啊,我总以为……"我有些语无伦次,内心真的有一种无法表达的难过。

"不必难过,她那么大年纪,死亡不见得是坏事,对自己和家人都是解脱。"佐佐木大大咧咧地说,"我走了,回头有空时过来喝酒,我妈去年泡的梅子酒还有好几坛呢。"

和佐佐木告别后,我坐上了都营浅草线开往印西牧之原的快车。佐佐木老太太去世的消息,让我内心沉闷难受。我望着月台上来回穿梭的人群,多少年怎么也挥之不去的那种陌生感,又一次变得格外强烈。

二十九

这一年的夏天,明显比往年偏旱。除了偶然一两场台风带来的短暂降水,几乎没有下过一场像样的雨。气温越来越高,旧中川在太阳暴晒下所散发出来的那种腥臭的气味,越来越强烈,甚至远在数里之外都能闻到。河边已经很少能看到人影,连终年流连于此的那些老钓客们,也都不知去向了。新平井大桥下,成了野良猫们恣意妄为的场所。猫群数量越来越多。我偶然散步从桥下经过,猫们不但没有一丝惊慌,反而用挑衅或不屑的眼光看着我,俨然视我为一个不受欢迎的入侵者。

暑假去中国的所有计划和安排,井上勉都只和爷爷通过微信商量,似乎故意要瞒着我一样。甚至有几次我主动询问是否需要帮忙准备,也被他冷冷地一口回绝了。井上勉的这种态度和父亲如出一辙,总让我内心泛起一丝被合谋背叛的不快。7月12日我在东日本桥站转车时碰到佐佐木好治,从他嘴里意外得知了老房东谢世的消息。一路情绪低沉地回到了家里时,看见井上勉正在院子里喂那只毛色黑亮的野良猫,我一股无名火蹿上心头,朝他粗声斥道:"你不知道你妈讨厌猫啊?怎么越长大,倒越不懂事了。"那黑猫知道我不待见它,早已经撇下嘴边的食物落荒而逃了。井上勉看了我一眼,没有说话,转身就要进一楼的大门。

"你可别订这个周末的机票啊,我有事。"我觉察到了自己的失态,有些无话找话地冲他说。

"我订的就是周六的机票!你有事与我何干?"井上勉转过身来,瓮声瓮气地说着,眼神中明显带着挑衅之意。

看着井上勉那张因愤怒而涨得通红的长满青春痘的脸,我不仅没有被激怒,反倒如同看见一只被自己逗弄得尖刺皆竖的刺猬一样,内心居然涌上一丝恶作剧般的快乐。但这快乐瞬间就消失了,因为理性让我羞愧:这是一种因缺乏真正亲密感而滋生出来的残忍,是对这个无辜少年的绝对不公平。我故作轻松地说:"我是怕耽误送你去机场啊。既然订了,我取消周末的活动就是。"井上勉见我并没有回应他的挑衅,嘟囔了一句:"不用!"然后低头进了一楼的大门。

"这样也好,省得都别扭。"我这样想着,便给毛燕北发了短信,确定周末去参加报社组织的登富士山活动。

7月16日一大早,我便赶到池袋站北口,坐上了报社从旅游公司租来的考斯特中巴车。报社男男女女一行十来个人,年龄基本都在三十以下。除了个别新人外,大部分我都认识。毛燕北就住在车站附近,到的却比我还晚。她穿了一身红色的运动服,背着一个大得有些夸张的旅行包。刚一上车,她看了我一眼,就一惊一乍地大叫道:"你居然是空着两手来的?我的大爷,要在山上住一晚的好不好!"我奇怪地说:"不是订了旅馆吗?难道要露营不成?"毛燕北说:"你这个菜鸟,毫无登山经验不说,出门旅游也不知道做点功课。"我说:"一个小小富士山,让你整得跟要登珠穆朗玛峰似的。"

7点准时发车,到达富士斯巴鲁线五合目时已经快中午了。在一家餐馆吃过咖喱牛肉定食后,开始步行登山。富士山只有7、8两个月开放,眼下正是登山的旺季,蜿蜒的山道上行进着或浩浩荡荡或三五成群的登山者。我开始时还能跟得上报社的同行者,但很快就被甩在了后面,只剩下毛燕北陪在身旁。看着毛燕北身上的大背包,我说:"现在知道出门一身轻的好处了吧?来,我替你背会儿。"毛燕北说:"看在你是老人家的分上,饶过你了。不过就算你背也不是替我背,里面有一半东西是给你带的。"我说:"你买了酒?"毛燕北说:"到时你就知道了。"

毛燕北不像她在电话里说的那样,有什么事和我商量,她只是想找个人倾诉一番。她从事IT业的日本老公在钱财和感情上对她双重欺骗之后,以五千万日元的"慰谢料"[1]和保证如数上缴薪水、公司分红,最终保全了他们的婚姻。"你才是真正的铁娘子啊!"我由衷地羡慕毛燕北处理问题的理性和魄力,"这简直是一场家庭危机最圆满的结局了。不过姐

---

[1] 抚恤金,赔偿费。

们儿啊,你自己有钱有闲有心情地出来游山逛水,还非得把我拉出来充当你唧瑟的对象,是不是有点不厚道啊?"不料,平日里大大咧咧的毛燕北却叹了一口气,半天才说道:"我要是唧瑟,会找你吗?表面上我比过去更喜欢衣着张扬,说话更咋咋呼呼,不过是试图维持过去的状态罢了。可我心里比谁都清楚,过去的状态再也回不去了。我心里有太多的苦,不给你说,你对得起我一直拿你当蓝颜知己吗?"我嘴上虽说:"你一个没心没肺的人,哪里知道什么是痛苦。"但毛燕北脸上那从未见过的沉重表情,让我觉得她不像是在开玩笑。

毛燕北告诉我说,她个人账户上一下子多出了五千万,每月老公上缴的收入也翻了一番,过去她本来就不缺钱花,现在更是今非昔比。而身为理工男的日本老公,经过自己这番折腾,彻底伤了元气,在家里整天戴罪立功似的对她殷勤有加。但毛燕北却说这看似大赢的结果,却怎么也让她高兴不起来。我说:"你是个过分崇尚情感道德的人,无法真正原谅老公的背叛。既然如此痛苦,那就离婚好了。你不缺钱,自己又有一份不错的工作,何苦让自己深陷一段已经成为牢笼的法律关系?"毛燕北说:"问题是我不仅崇尚情感道德，更追求人生圆满。我离婚后注定还得再嫁，而以我对男人的了解，真正诚实可靠的当属凤毛麟角。如果离婚，最大的可能是我离开了原配老公，却嫁给了另一个还不如他的男人。"我撇嘴道："为什么就不能换一种思维，干吗一定要嫁一个男人才能生活？"毛燕北说："我不知道别的女人，我有强烈的性欲。我既不能没有性，又不能容忍婚姻之外的性，这就是我的纠结之处。"我说："真他妈麻烦！早知如此，你当初还不如睁一只眼闭一只眼，不去了解真相才好。"毛燕北说："谁说不是呢。可问题是，屙出来的屎你能缩回去吗？我现在每次和老公做爱，总想着那五千万，觉得自己像是在卖淫一样，别提有多别扭了。"

我和毛燕北一边闲扯，一边沿着铺满火山灰渣的山路向上艰难攀爬。天色渐渐暗了下来，富士山在夕阳中巨大的黑色剪影毫无美感，只是让我觉得压抑沉重。我不想让毛燕北沉浸在烦恼中，便转移了话题："对于富士山，日本人说一生不上一次是'八嘎'，一生上两次也是'八嘎'。早知道这样受罪，我宁可做一次'八嘎'。"

到达八合目预订的山中旅馆时，天已经彻底黑了。报社的年轻人正三五成群地坐在旅馆前的空地上喝酒聊天。看见我们过来,其中一个小伙子开玩笑说:"大家正在打赌,说我们毛姐被罗老师拐走私奔了。"

三十

也许是出于自己狭隘的心胸,我一向认为人类所谓的同情心,其实是优越感的一种变相体现。面对别人的灾难和不幸,我们在表达惺惺相惜之情时,往往并非会像当事人一样有切肤之痛,而是夹杂着明显庆幸的情绪。以我以往的这种心态,毛燕北在登山途中向我大倒苦水时,我的反应按理应该是用冠冕堂皇的道理安慰对方,然后内心不由自主地生出一丝"别看你的账上多出了五千万,眼下的痛苦就是代价"的心理平衡。但实际情况是,我一点庆幸的情绪都没有,毛燕北看似痛苦不堪的现状不但没有让我产生一丝优越感,反而让我陷入了深深的自卑之中。

我之所以能成为毛燕北的倾诉对象,是因为在她的心目中,我是一个"内心也许同样肮脏,但行为绝对恪守纯度"的人。当年我选择和智障的桃香结婚,圈内的朋友们几乎众口一词地认为我醉翁之意不在酒,这也是那些流言蜚语四处传播的主要原因。只有毛燕北坚信我不会因为贪图富贵而将爱情作为交换的筹码。她对那些猜忌向来不屑一顾:"典型的以小人之心度君子之腹啊。罗文辉大小也是个见过世面的作家,人长得又帅,如果贪图富贵,能看上不过小康水平的井上家吗?"她将我迎娶桃香的决定不由分说地归因为"心地善良和知恩图报",认定我是因为受到日本女人惠子的多年照顾,出于报恩之心而娶了她因智障而一直愁嫁的女儿。我曾有些心虚地对毛燕北说:"你怎么就那么肯定,你又不是我肚子里的蛔虫。"毛燕北哈哈大笑道:"我只说了你高尚的一面,其实你娶桃香,除了感恩惠子,最大的原因其实是因为你性格的保守和性冷淡倾向,我猜得没错吧?"随着时间的流逝,当初众人对于我会以婚姻为跳板、在日本立稳足跟后再另择高枝的猜测不攻自破后,毛燕北更是得意地四处宣称:"别看老娘高度近视,但向来识人不谬。"

其实就如同对自己老公的误判一样,毛燕北根本就不可能猜对我婚姻的动机。那是一个埋藏在我内心的秘密,除非我愿意公布,否则永远都不可能被破解。我的半世人生都笼罩在这个秘密的巨大阴影中,让我既迷醉又厌恶,既轻松又沉重。这个秘密犹如一面镜子,我在外人眼里获得的高尚感,在它面前顷刻原形毕露,变成被放大百倍的猥琐、丑陋和虚伪。所以在爬山途中,毛燕北越是对我"高僧般的修行"表示羡慕,越是坦白自己的私生活状态的痛苦,就越让我深感自己的虚伪和卑鄙。

八合目的山中旅馆是胶囊式的,我觉得如同睡在棺材里,辗转反侧难以入眠。凌晨两点,我刚迷迷糊糊有了点儿睡意,领队却已经喊大家起床了:"醒了醒了,利索点儿,看不到日出,这趟山就白爬了。"登顶富士山并欣赏所谓的"御来光",据说是日本国民一生必做的事情之一。但如果不是因为怕影响到众人的情绪,我说什么也会选择继续睡觉。出了旅馆,一派昏暗的夜色中,计划看日出的登山者已经像夜行军的队伍一样遍布山道。那些黑魆魆的身影沉默向前,充满一种宗教仪式般的神秘感。凌晨的山上冷得出奇,尽管我来时特意带了一件夹克衫,但被强劲的山风一吹,浑身立即寒意刺骨。我瑟瑟发抖,冷得恨不能跳下山崖一死了之。换上了一身羽绒服的毛燕北走过来,上下打量着我,说道:"这回不说出门一身轻了吧?"我牙齿"嗒嗒嗒"直抖地说:"你也不给我提个醒,现在还说这种风凉话,真是狠毒莫过妇人心啊。"毛燕北哈哈大笑起来:"快求我,跪下来求我,我保证给你温暖。"我立刻明白了,便不由分说地将她手上的旅行包一把扯了过来,打开看时,里面果然还有一套男人的冬装。我一边急不可耐地往身上套,一边大声说:"毛燕北,我爱死你了!"毛燕北"呸"了一声:"我他妈正后悔自己心软了,应该冻你一两个小时后再说。"

毛燕北特意为我而带的一身冬衣,在解救我的肉身于极寒折磨的同时,却让我的情绪跌入了冰窟。她的坦率、善良和实在,像一泓清澈的泉水。我沐浴其中,觉得自己像一尊貌似面相庄严的泥塑一样,周身华丽的色彩尽皆褪去,变得越来越丑陋不堪。我沉默不语地跟随在登山的队列中,虽然这套及时雨般的冬衣让我浑身温暖,但我的精神却如同被扒光了一般,不但在凛冽的山风中噤若寒蝉,而且被随意围观和肆意耻笑。走在旁边的毛燕北显然误解了我的情绪,她大大咧咧地说:"哟,怎么着,感动得要哭啊?你就别自作多情了,要不是看在嫂夫人情况特殊的面子上,我才懒得替你操心呢。"我苦笑了一下道:"狗嘴里吐不出象牙!刚想说'回去买瓶好酒送你'呢,也罢,我省钱了。"

登顶时快五点了。此时天刚蒙蒙亮,山顶上到处是等待观看和拍照日出的游人。放眼望去,东方鱼肚白的天色中,渐渐浮现出一抹红色的曙光,日出的瞬间很快就要来临了。毛燕北在给自己的相机换大炮镜头,我在一旁帮她拿着旅行包。这时我的手机响了起来,我拿起来看时,显示的却是家里的座机号码。毛燕北"咦"了一声:"你用的什么神机?在3776米的富士山顶居然还有信号!"

我也感到纳闷,但我纳闷的不是山顶上手机有信号,而是这个点儿居然有人会从家里给我打电话。井上勉去北京的机票是昨天的,按理家里此刻应该只剩下了桃香一个人。但打电话的不可能是桃香,因为她至今连我的电话号码都记不住。"莫非井上勉误机了?或者因为什么别的原因改签了机票?"我一边这么想着,一边接通了电话。山顶上的信号确实太弱了,我从接通的手机中只能听到断断续续、时有时无的一些噪音,我"喂喂喂"地喊了半天,直到电话最后彻底掉线,也没有弄清话筒那头究竟是谁。

"没事吧?"毛燕北关心地问。

"没事没事,估计是井上勉昨天没有走成。"我赶忙说。

这个意外来电,却总是让我觉得困扰,以至于人群中忽然爆发出一阵欢呼声时,我居然不明就里地吓了一跳。等回过神来,才看见是一轮磅礴的红日正从东方冉冉升起,血红色的朝霞映红了半边天空,也映红了一张张登山者兴奋不已的脸。

下山时天已经大亮了,我忍不住还是回拨了家里的电话。半天话筒里才传来了桃香迷迷糊糊的声音:"爸爸,家里好冷……勉?他昨天去北京了啊……什么电话?我不知道啊……"

理性明明告诉我不该荒唐联想,可我还是想起了已经死去半年的惠子。

三十一

下了富士山回到东京城里,已经是下午三点了。大家在池袋车站分手时,毛燕北对我说:"你怎么看上去心事重重的,该不是我一肚子苦水倒给你,让你也坐下心病了?要不要晚上一起去吉龙喝酒?"我想起上次和她去吉龙喝酒后自己令人作呕的荒唐事,苦笑了一下:"就算有心病,也不是因为你,都是自己做的孽。"毛燕北说:"×,你就别对自己吹毛求疵了,你这是故意想让我等俗人无地自容啊。行吧,我知道你不放心嫂子,我也就不留你了。明天周一,别忘了晚上把稿子发给我。"

在山顶上接到的那个奇怪的电话,一直让我心里忍不住无端猜测。既然井上勉如期去了北京,那唯一的可能就是电话是桃香拨出的。而桃香多少年来,根本就是一个任何电话号码都记不住的人。何况后来我回拨过去,她对打电话的事也毫不知情。琢磨来琢磨去,我的思路还是不可避免回到了死去的惠子身上。我是个纯粹的无神论者,但这并不代表我不相信灵魂的存在,而是我对灵魂的理解完全出于科学和理性。我一直认为,灵魂是一种真实存在的特殊物质,只是人类现有的能力尚无法探测和捕捉。就如同在相关光学仪器发明之前的不可见光一样,尽管人类无法探测,但它们都一直是真实存在的。桃香在电话里说"家里好冷……",这是她在今年夏天里总爱说的一句话。我有时不由得会怀疑,这个与众不同的智障女人,身上也许有一种特殊的能力,能觉察到灵魂这种特殊物质的存在。在惠子死去的这个夏天里,发生在桃香身上的诸多变化,也极有可能与这种物质的影响有关……这种想法,总让我对惠子的死亡有一种淡淡的释然:那具肉体从这个世界上消失或分解了,但其曾经承载的灵魂尚在,并以为我所不知的方式存在于我和桃香的生活中。这种想法让我不但不会有半点恐惧,反而会充满亲切的期待。

回到家后,我忍不住自己无端的好奇心,再一次询问桃香关于那通电话的事,并耐心地提示她是否有任何关于打电话的记忆,是否对我写下的手机号码有什么印象,甚至问她有没有梦到过妈妈惠子,但桃香都一脸茫然地摇着头。正在我还心有不甘之时,家里的座机忽然铃声大作。桃香大概被我的问题搅乱了脑子,高兴地指着电话说:"电话!妈妈真的打电话来了。"我一边取接电话,一边苦笑着说:"要是妈妈打来的,我倒没有这些纠结了。"

令我有些意外的是,电话是三木老太太打来的。在我的印象中,她向来都是直接过来按门铃,几乎没有她打来电话的时候。三木的口气听上去兴高采烈的:"井上先生,我搬家了。我把新住址告诉你,欢迎你和桃香小姐有空时来做客啊。"我吃惊地问:"搬家?您不在老人院住了?"三木老太太说:"不住了,我找到失散多年的兄弟了,便搬去和他一道生活。"我想起了三木女儿那本日记里的内容,忍不住内心猜测的好奇,冒昧问道:"没听说过您有兄弟啊,该不会……是您丈夫的兄弟吧?"三木说:"果然是作家啊!你说的没错,是我家小叔子。我告诉你地址,有空时过来玩玩。这里地处埼玉县大山深处,据说山上不时还能看到黑熊出没,这里有你在东京绝对见不到的景色。"我一边在纸条上写着三木告诉我的地址,一边说:"找时间一定去,除了想看看您,看看日本的乡下,更想知道您小叔子身上的精彩故事。"

和三木老太太聊了没几句,兜里的手机又响了起来。我赶紧和三木结束了通话,掏出手机接听时,却是父亲打来的。他一开口就劈头盖脸地说:"你别想瞒我,说实话,勉勉是不是出事了?"我被这没头没脑的话弄蒙了,半天才莫名其妙地问:"他不是回北京了吗?"父亲恼怒地说:"要回北京了,我给你打电话干什么?"

我好言相劝地让父亲平静下来,细问原委才知道,井上勉是昨天上午的航班,可从昨天下午开始,父亲等到了现在,却也不见人影。且父亲给他发了几十条微信,却连一条回复也没有。我安慰父亲说:"您放心吧,又没有空难发生的新闻,他能出什么事?也许有什么别的事改签了,这兔崽子现在翅膀硬了,凡事都自己做主。"父亲却斥责道:"孩子自己做主,那都是因为当老子的没有尽到责任。我一直关注着网上的新闻,没有空难发生不假,但从锦系町发成田机场的一辆大巴发生了车祸,死五伤七,你赶紧查查,我想勉勉一定出事了,否则他不可能不回我的微信。"我让父亲把勉的航班号告诉我,父亲却说:"勉勉知道我和他姑父最近闹了点矛盾,又执意不肯让我亲自去机场接他,说自己打车回来,愣是没有告诉我他的航班号。我要是知道航班号,还用得着给你打电话?"我只好说:"我现在就查,结果一会儿打电话告诉您。您放心吧,不会有事的。"

我以家长的身份打电话查了井上勉的手机记录,知道他订的是巴基斯坦航空公司的机票。打电话到机场,说是昨天飞机延误,乘客在机场宾馆住了一宿,今天上午九点起飞,现在已经在北京首都机场降落三个多小时了……我立即给父亲打了电话,结果电话刚接通,父亲就欢天喜地地说:"没事了,已经到家了,正在吃我给他冰镇好的西瓜。"我恼怒地说:"他倒好,吃上冰镇西瓜了?你问问他怎么回事,飞机延误这么久,为什么不知道给您通知一声?"父亲说:"孩子手机没电了,又忘了带充电器,平安到达就行了,你发的哪门子火?行了行了,我不和你说了。"说罢就挂断了电话。

"兔崽子!"我骂了一声,走到阳台上摸出一支烟点燃,深深地吸了一口。我想象着勉正在我父亲慈爱的注视中,一面端着冰镇西瓜大快朵颐,一面轻描淡写地解释着自己没有及时通知大家飞机延误的原因,愤怒之中似乎还夹杂着一缕失望。刚才父亲来电话说及那场巴士车祸时,我的内心似乎腾起过一丝阴暗的狂喜,而现在的失望正是刚才那种阴暗情绪确实存在过的明证。

"妈的!我怎么会这么卑鄙!不管怎样,勉也是我从出生养到现在的孩子啊。"这种心理让我自己都吓了一跳。

"爸爸,不许抽烟,你答应过的。"桃香忽然从后面打开了阳台的落地窗,盯着我一字一句地说道。

我愣愣地看着桃香,她过去空洞无物的眸子里,射出一道犀利的目光,让我感到既熟悉又陌生。

三十二

7月中旬,学校开始放暑假了。

虽然说非常勤讲师一职对我毫无压力,但毕竟每周要占用不少时间,而连载小说《圣徒的眼泪》的写作、因惠子死去而对桃香照顾时间的加长等,都让我比往常分神费力,所以作为懒散惯了的一个闲人,我第一次体会到了假期的重要。井上勉去中国了,家里只剩下了我和桃香,时光忽然像慢下来了一样,呈现出一副安详静谧、悠然自如的样子。尤其在这个夏天里,桃香一反昔日暑期的狂躁,变得像个淑女一样沉静不语。在这个季节里,室外骄阳似火,而这幢老旧一户建的每一个角落里,都被一种阴凉的气息笼罩着。有时我和桃香外出散步回来,刚打开院门,似乎远远就能感受到从这幢房子的门窗缝隙中散发而出的那种阴冷。桃香时不时会说:"爸爸,屋里真冷。"我总是纠正她说:"不是冷,是凉爽,冷是一种不舒服的感觉。"我真的喜欢这种阴凉的感觉,这种喜欢并非真的来自身体的舒适感,而是我能从这种阴凉中感觉到惠子的存在。尽管理性告诉我,这种感觉只不过是一种自我心理暗示而已。

7月23日是个周六。临近黄昏之际,我正在书房里写作,餐厅里忽然传来桃香一阵快乐的笑声。我出去看时,只见脸、手和衣服上到处沾满颜料的桃香,正用画笔指着铺开在餐桌上的画儿道:"哈哈,死了,淹死了。"

我诧异地走近一看,只见画面上是一条河流,从横跨其上的那座蓝色铁桥判断,桃香画的明显是旧中川。河水很浑浊,上面漂满了大大小小的沙漏和一条条死鱼,显得颇为荒诞。我笑道:"桃香啊,鱼死不是因为天太热,就是有别的原因,鱼是不会被淹死的。"桃香却说:"不是鱼,是猫,看这里。"桃香用画笔所指的地方,是画面的左下角,河水的深处,那里有一团黑乎乎的东西,除了两只红色的眼睛依稀可辨外,根本就看不出猫的形状。我说:"看来那只黑猫让你恨之入骨了,只能杀之而后快。好了好了,赶紧去洗洗你的脏手脏脸,晚上町会馆广场举办夏祭,我带你去吃美食、看热闹。"

夏祭是町会每年举办的例行活动,是一种为期三个晚上的纳凉集会。我和桃香到场时,会场上已经人山人海。灯笼高悬,彩带飘扬,在极富节奏的鼓点声中,身着简易和服、脚穿白袜、手持绢扇的女人们,列队在广场上翩翩起舞。会场四周,明晃晃的灯下,到处是卖啤酒饮料、烤鱿鱼、荞麦炒面、巧克力香蕉等各种吃食的小摊,孩子们身着传统服装,四处奔跑嬉笑,气氛煞是欢快热闹。我买了两盒荞麦炒面和几串烤鱿鱼,刚和桃香找了个空地坐下来,手机却响起了短信的提示音。打开看,是安藤发来的一张照片。照片是一张饭局照,两男一女正端着酒杯,笑眯眯地望着镜头。照片让我莫名其妙,便给安藤发去了一个诧异的表情。没过几分钟,安藤就打来了电话:"照片上的人你认识吗?看那女的,你真的不认识啊?是女作家娇娃。"安藤这么一说,我立即就明白这件事还是与失踪的古谷有关。娇娃我虽然不识其人,但名字却是耳熟能详的。她是国内曾红极一时、现在却已经几乎被遗忘的先锋派作家,其代表作就是被古谷译介到日本的。"你可真用心啊,居然想起来联系她。怎么样,有古谷的消息吗?"我问。安藤有些情绪沮丧地说:"没有,她和古谷也好久没有联系了。不过她说古谷在中国还有几个她知道的熟人,明天会带我去拜访。"我惊讶地说:"你去中国了?"安藤说:"对啊,我们正在一起吃饭,照片就是刚拍的。"

尽管安藤在电话里声称,因为学校放暑假了,自己闲来无事便决定去中国旅游一番。但我还是觉得他因古谷失踪的事走火入魔了。作为青梅竹马的旧日恋人,作为惺惺相惜的精神知己,安藤对古谷所怀有的深情我并不怀疑和否认,但这都不足以让这个男人如此六神无主。在我看来,无论古谷是死是活,是受害者还是杀人犯,结局都不足以在安藤的心中造成精神塌方。让他时刻抓狂的,只是结局到来以前的这个过程。在这个漫长的过程中,安藤心中有关自己和古谷关联的所有记忆,都被百倍、千倍地放大,成为让他濒临崩溃的心理重压。

安藤打电话给我的目的,主要是想说服我暑假也能抽空回中国一段时间。他说:"学校放假了,你儿子又在北京,何不趁机带着老婆也回来几天,咱们也能凑在一起喝酒。"我想都没想就拒绝了:"拉倒吧,你还有心思喝酒?你想当福尔摩斯,但是我不想当华生。不过,中国有什么搞不定的事,你随时通知我,我尽可能给你找关系。"

挂断电话回头看时,我发现荞麦炒面和烤鱿鱼串原封不动地放在那里,而桃香不知何时已不见了踪影。我赶忙起身,在乱哄哄的人群里到处寻找,却始终不见桃香的身影。"该不会是热天里的毛病忽然又发作了吧?"这么一想,我心里不觉得有些发毛。我问了几个碰到的熟人,却没有一个人注意到桃香。倒是坐在花坛边已经喝得醉醺醺的一个陌生酒鬼冲我喊道:"是刚才跟你一起买炒面的那个女人吧?我刚才看见她往那边去了。"

我赶紧顺着酒鬼所指的方向一路找了过去,直到被旧中川挡住去路,也没有看见桃香的影子。朦胧的月色中,旧中川的河水看上去浑浊不堪,这让我忽然想起了桃香今天那幅画上的感觉。虽然已经到了夜里,在依旧热烘烘的气流中,河水在夏天里所特有的那种腥臭的气味,仍强烈地扑鼻而来。不远处的新平井桥下,野良猫群不知发生了什么冲突,不时传来猫们忽高忽低的尖叫,在安静的夜色中听上去让人一阵阵心惊。我站在岸边四处张望,这条陪伴了我二十多年的河流,不知何故忽然在这个瞬间变得陌生无比。

我正在为找不到桃香而惶恐不安的时候,手机却刺耳地响了起来。是刚才我向其打问桃香的一个老熟人打来的:"井上先生,您去哪里了?您太太正满场找您呢。"

在重回夏祭会场的路上,刚才想象着桃香走失而在我心里所产生的巨大惶恐和伤感,让我又一次意识到,惠子死后,我昔日对桃香的同情,正越来越明显、越来越深刻地变为一种父女之爱。

三十三

7月末,一场突如其来的汹涌波涛,在我毫无防备的情况下,席卷了我越发趋于平稳安逸的生活。

对于那篇名为《一个中国作家和他的日本爱情》的网文,我当初根本没有当回事。一是因为那只是无聊者的炒剩饭之举,在我看来毫无新意;二来文中内容皆为臆测,与实际情况谬之千里,完全不值得费力澄清。我想该文之所以被多家网站转发,只不过是诸如"日本""作家""爱情"之类的词汇比较吸引眼球而已。而我又非大红大紫的明星,这样无聊的内容注定在网上只会昙花一现,很快就会被别的标题党网文所淹没。但事实证明,我当初着实低估了这篇中伤文字的威力。它不仅没有被时间遗忘,反而在网络上持续发酵,居然成为一股威力无比的汹涌波涛,给我的生活造成了巨大的冲击。

多少年来,我一直是个选择性生存的人,对于已经渗透到生活方方面面的网络,除了查阅需要的资料,绝少将时间花费在漫无目的的浏览上。所以,这篇文章在网络上发酵的过程我并不知情。直到7月末的一天,妹妹罗文秀打来电话,才让我第一次知道了这篇网文的杀伤力。

妹妹的电话是7月31日一大早打来的。我由于前天熬夜写作到凌晨才睡,正是困得要命的时候。我看了看手表,忍不住厌烦地说:"老妹啊,你看看才几点?我睡下还不到两小时。"最近妹妹因为两口子闹矛盾的事,电话来得比较频繁,所以我以为她又要啰唆那些家长里短的琐事,所以被电话吵醒后有些恼火。不料妹妹说:"哥,老家的祖坟被人扒了,老爸都快气死了,你还有心思睡觉?"我虽然嘴上说:"扒祖坟?尽说些耸人听闻的话,谁吃撑了会干这事?再说了,就算祖坟被扒了,也不是我扒的,给我打电话有个屁用。"但一下子还是睡意顿无了。

昨天是周六,妹妹一家三口下午去看望父亲。

因为日本侄子这次来京后是第一次见面,所以妹夫佟小安特意在"旺顺阁"小营店早早预定了位子,打算用正宗鱼头泡饼给井上勉接风。上次在"北平楼"父亲和妹夫不欢而散后,我给妹夫打了电话,劝他不要跟脾气倔强的父亲硬碰硬,承诺自己一定不会和他争老人的房子。但妹妹和妹夫多次向老父亲示好,却都被冷言冷语怼了回来。这次算是借井上勉的光,老爷子才总算同意和妹妹一家一道吃饭。妹妹在电话里告诉我说,晚饭的气氛本来还算不错,却因为妹夫无意间开口夸赞了一句我这个大舅哥,竟惹得父亲大发雷霆。如果不是妹夫千哄万劝,说不定又会闹个不欢而散。我越听越好奇,忍不住问:"我不至于让老爸眼黑到这种程度吧,夸我一句就如此大动干戈,到底为什么啊?"妹妹这才说,网络上一篇写我的文章最近传得沸沸扬扬,以至于偏远的老家都到了妇孺皆知的地步。乡亲们认为我是本村自古以来所出的最大败类,群情激奋,甚至有人提议扒掉罗家祖坟以雪耻辱。后来在别人的劝说下,虽然扒坟行为没有实施,但个别心有不甘者还是将一泡热牛粪糊在了老罗家的坟头上……

"是老家有人打电话告知的,在饭桌上说起此事,老爸还气得手直哆嗦。我是后来回到家后,才从网上看到那篇文章的。哥,有人这么给你泼脏水,你竟然就这么干看着?"妹妹似乎犹豫了一下,又说道,"哥,不是我挑拨你和侄子的关系,老爸对你本来就火冒三丈,勉勉不仅不劝,反而火上浇油,弄得老爸气头上直嚷嚷,要跟你断绝父子关系呢。"

我知道妹妹最担心的,还是怕这对爷孙走得太近,那套值几百万的房子最后落在日本侄子的手中。我劝慰了妹妹几句,再次申明了自己对房子的坚定立场,总算使得她的情绪安稳了下来。妹妹说:"你这段时间别主动给老爸打电话,什么祖坟不祖坟的,他就是面子上有些挂不住,过段时间就忘记这件事了。"

放下电话后,我再无睡意,便上网查询那篇文章的反响。果真是不查不知道,一查吓一跳,那篇文章不但被更多的网站疯狂转发,而且派生出一篇又一篇相关的网文,既有理论批评的,也有泼妇骂街的,既有散布八卦的,也有人肉搜索的,每一篇文字后面的跟帖更是铺天盖地,说什么污言秽语的都有……我开始不太明白,自己一介国内文坛的边缘人,何至于忽然成为众人讨伐的对象?但很快我就弄清了事情的原委：一家知名度很高的论坛，开始同步连载《圣徒的眼泪》，并同时推出读者有奖评论，一时网评如潮，点击量大增。正是在这样的背景下，被遗忘多年的我，又一次被越来越多的网民们开始重新关注，而我"为了加入日本籍而不惜卖身求荣""过去就以淫书盗名，现在更是不顾廉耻"的诸多恶行，自然立即就成了众矢之的。

毋庸置疑，这一切的幕后导演不是别人，一定是毛燕北。当然她完全是出于好意：一方面不想让她认为的"文学天才"和"罕世高士"就此埋没；另一方面提高我的知名度，也能让她策划和组稿的报纸栏目获得上上下下的高度认可。我忍不住给毛燕北打了电话："姐们儿，我总算如你所愿出名了，只是不是什么好名，而是叛国的汉奸和出卖爱情的卑鄙小人，我家的祖坟差点都让乡亲们给扒了。"毛燕北听后哈哈大笑道："祖坟有个蛋用，扒就扒了。我告诉你吧，出名只是舞台上的亮相，作用只是吸引观众的眼球，盖棺定论靠的是真正的高超演技。你演得再好，如果根本就没人看，不也是白搭。"我反驳道："我×，我是个实用主义者，出这种名除了被人白骂，能落着什么？"毛燕北却说："自古名利不分家，出名能没好处吗？我告诉你,最近国内好几家出版社和我接洽,希望独家买断你连载小说的版权,还有一大堆别的好消息,我正想哪天约你好好聊聊呢。"

进入8月,就到了东京一年中最热的时候。旧中川河水在太阳的持续暴晒下,那种古怪的腥气变得越来越强烈。可能是这股腥气熏染的原因,这段时间我老是做同样的梦,在梦中自己总是站在一个巨大的坑洞边上,里面堆满了正在腐烂的尸体。

三十四

祖坟被糊了牛粪的事,尽管妹妹告诫我佯装不知,千万不要主动和父亲谈及,但我觉得这种"有辱门庭"的大事,即便我装聋作哑,父亲也会打电话来责骂和羞辱我一番。在我的记忆中,责骂是父亲对我表达所有情感的唯一方式。从结婚到我降临人世,父母都还没有能在北京混到一套属于自己的房子,而是各自住在单位的集体宿舍里。母亲的哺乳期满以后,我就被送到了乡下的爷爷家,直到临上小学前,我才回到了出生地北京。与爷爷奶奶的慈祥和疼爱形成鲜明对比的是,父亲这个陌生的男人,一天到晚都板着脸,对我说话也永远只有斥责和教训。成年后,尽管我理解了父亲是那种自己越在乎就要求越苛刻的人,但童年时期我和他之间形成的鸿沟,却怎么也无法逾越。父亲对我的每一次责难,依然让我充满惶恐和反感。令我意外的是,我预料中的那场风暴并没有来临。之后的半个多月,我也没有接到父亲兴师问罪的电话。我惶惶不安地把电话打到了北京的家里,母亲才告诉我,父亲和他的日本孙子去云贵川一带旅游,已经外出十多天了。我问及父亲对我的怨愤,母亲却口吻轻松地笑了:"他现在眼中只有孙子,别的事一概过脑就忘,你不用往心里去。"

放下电话后,我非但没有因此松一口气,反而有了一缕说不清楚的失落。从童年开始,相对于无休止的责骂和教训,我内心一直渴望自己被父亲忽视和遗忘。如今因为井上勉这个来历不明的外人的介入,过去看似永远都不可能实现的梦想瞬间变成了现实,但这让我感到的不是被暂时遗忘的轻松,而是被永远遗弃的失落与孤独。

井上勉,这个外人眼中我的亲生儿子,十多年来一直像一只蛹一样存在于我的生活中,既接受着我的关怀和照顾,又不动声色地和我保持着适当的距离,彼此相安无事。但随着他和我父亲的急速接近,我忽然觉得这只安静了许多年的蛹开始蠕动起来,有一只不知其状的怪兽正在里面伸展三头六臂,随时都可能破茧而出,面目狰狞地打破生活的平静。

8月13日傍晚,我和桃香下到一楼的套间里,在惠子的灵堂前点燃盂兰盆节的灯笼,摆上鲜花、点心、水果等供品,燃起线香,按照传统的方式迎接惠子的灵魂回家来过盂兰盆节。我虽然按部就班地做着召唤和迎接灵魂的事,但心里却觉得这一切只不过是活人自我安慰的方式。如果真的有灵魂,我相信惠子的灵魂从来都不曾离开过这幢房子,或许此刻她就在这个房间的某个地方,默默地看着我在做这些可笑的事。"惠子啊!"我闭目默念,"我知道自打你从人变鬼,我半生的秘密都已经被你洞悉。而你的秘密于我,依旧是永远的秘密。我只能通过文字,在猜想中复活我对你认识的盲区。我承认自己不是个高尚和光明磊落的人,尽管内心一直在努力,但依旧摆脱不了阴暗、卑鄙和残忍。如果我有什么地方让你失望,我不求原谅,而是愿意接受任何形式的惩罚。"

就在这时,忽然听得"叮"的一声响。我睁眼看,是跪坐在一旁的桃香敲了一下铜磬。她目光低垂,像是喃喃自语地说:"你不会恨他吧?"桃香的话让我吓了一跳,我几乎在听到的那一瞬间就认定,桃香口中的"他"指的是井上勉。因为这段时间里,他是我唯一心生恨意的人。我看着低头垂目的桃香,心中感到一阵阵疑惑:这到底是惠子借桃香之口在向我诘问?还是桃香的智力越来越趋近正常,早已经识破了我内心阴暗的秘密?

　　盂兰盆节长假里,我带桃香去了一趟稻城市。我事先已经和佐佐木好治联系好,先在京王线稻城站会合,由他开车带我去给房东老太太扫墓,算是尽了我一份未能及时表达的感恩之意。中午,我请佐佐木好治在车站附近的一家韩国烤肉店吃饭时,他特意回家取了一坛梅子酒,说是他妈妈去年泡制的。此乃特意为我所留的最后一坛,以后再也喝不到了。这话虽然让我既感动又伤感,但我还是对佐佐木说:"我今天没开车,就是为了能喝口老人家亲手泡的梅子酒。但我现在很少喝酒了,加上还要照顾桃香,仅此一杯。"不料一旁桃香说:"没关系的,我可以照顾自己,也可以照顾你。"佐佐木立即嚷道:"就别再找借口了,难得一聚,咱们今日一醉方休。"

我看看桃香,她无异于常人的表现又一次让我感到陌生。我问佐佐木道:"你觉得你表姐跟过去有什么变化吗?"佐佐木却大大咧咧地说:"什么变化?老了呗,我们都比过去老多了。"

烤肉店老板小林是我们过去的老熟人,在佐佐木的邀请下,中途也加入了喝酒的行列。一坛梅子酒喝光后,小林又让店员取来了许多真露。这场酒局变成了房东老太太的追思会,谈及昔日的诸多往事,大家感慨良多,频频举杯,很快就有了醉意。我夸张地对佐佐木说:"兄弟,饭后带我去当年的房子看看。哥最近名气越来越大,以后那套房子你可以当成名人故居收费了。"佐佐木却说:"看不成,上个月刚有个新租户住了进去。哦,对了,你不是说在R大中文系教书吗?租户就是R大中文系的,说不定你还认识呢。"我一问名字,佐佐木说出的名字吓了我一跳:"中内千夏!"我有些不敢相信地问:"是不是皮肤黝黑,长得又矮又胖?"佐佐木说:"嘿,真是巧了,你们果然认识。那没问题了,饭后我带你去看。"我却条件反射地连连摆手:"算了算了,既然有人在住,还是不看为好。"

这顿饭吃了三个多小时。刚开始的时候,我尚能保持理性，频频为不断加速的酒局踩一脚刹车。但后来酒意还是渐渐上头，加上中内千夏租住我旧居的消息，让我总觉得这不可能仅仅是个巧合。而如果不是巧合，就意味着她极有可能不但没有退出以前的感情误区，而且正在以更极端的方式推进。这样的担忧让我变得心事重重，于是开始不断主动举杯，早就忘了今天不是自己单独出来跟别人喝酒，随时需要有人照顾的桃香就坐在我的身边……

三十五

我又一次喝断片了。

6月18日和毛燕北约饮分手后,酒至半酣的我觉得仍不尽兴,便独自又去池袋一家居酒屋喝了个大醉酩酊,然后几乎是被惯性驱使着,又去风月场自甘堕落了一回。过去这样的经历不在少数,尽管每次我也都是几乎悔青了肠子,觉得自己如同刚刚从大粪池中爬出来的一只蛆虫,肮脏、丑陋到了无颜立世的程度。但当我身上那种似乎只有自己能察觉到的"灵魂腐烂的气味"随着时间渐渐消失之后,我却一次又一次无耻地找借口原谅自己,重新人模狗样地扮演着众人眼里的正常角色。但上次和妓女鬼混过之后，我却差点陷入了万劫不复的精神绝境。其实与往常相比，这次嫖娼并无什么特别之处，甚至和往日那些极度疯狂的荒唐之举相较而言，不过是小巫见大巫。但令我崩溃的是，当我浑身虚弱地从那间被粉红色灯光照得充满暧昧意味的小屋中出来后，我就觉得有一双眼睛一直充满鄙夷地在暗处看着我。那是惠子的眼睛！死亡让她拥有了随时窥探我所有秘密的能力，她目睹了我像个无耻的动物一样，赤身裸体地和一具陌生的女人肉体交配的全部过程……那段时间里，我的肉身从里到外散发着令我作呕的腐臭气味，整日神思恍惚、情绪沮丧，完全就是一具六神无主的行尸走肉。

这次和佐佐木、小林喝酒，我最后的记忆停留在了这一刻：已经醉意朦胧的我再次询问佐佐木有没有注意到桃香和过去的变化，佐佐木仍然说一切如旧，没有看出任何不同。我趁着酒兴，说桃香其实根本就不是个智障女人，她只是在装傻，是惠子派到我身边卧底的特工。佐佐木和小林都说我醉了，我则固执地回过头嚷嚷着，让坐在身边的桃香老头坦白……在这之后的所有记忆，都彻彻底底地变成了一片空白。

当我从失忆中恢复意识的一瞬间,我甚至紧闭眼睛不敢睁开。逼仄、充满浓烈酒臭的小屋,暧昧的灯光,陌生的肉体,浓烈的酒臭……这一切,都是我极不情愿看到,但总会在酒醒的瞬间映入我眼帘的事物。"我真是个无药可救的垃圾啊!"我一边痛苦地想着,一边睁开眼睛看时,却发现自己正躺在家里的床上。墙壁上那挂陪伴了我十几年的闹钟,正发出均匀的"嘀嗒"声,指针已经指向了上午十一点。我头痛欲裂地从床上爬起来,一面"桃香!桃香!"地叫着,一面四处寻找,但找遍了两层楼的每一个角落,也不见桃香的身影。

我从冰箱里拿了听可乐,一口气喝完,头疼和胃里燥热的感觉才缓解了下来。我努力回想昨天的事,记忆中我让桃香坦白她是惠子派到我身边的卧底时,桃香那似笑非笑的表情,似乎有着深不可测的意味。在这之后的一切,包括最后又喝了多少酒,几点散的局,散局后又干了什么,如何回的家等等,我连一丝一毫印象都没有。"桃香不会又因为我醉酒而出事了吧?"想起十几年前那可怕的一幕,我心里禁不住突突直跳。我赶紧拨通了佐佐木的电话,询问昨天酒局最后的情况。佐佐木说:"断片了吧?哈哈,你昨天确实喝多了,尽拿我表姐逗闷子。也就是她是个实心眼子,要是别人,早跟你急了。怎么回去的?你问我表姐啊,她带你去了稻城站,除了坐电车还能怎么回去。她不在?哦对了,我想起来了,她昨天好像说,今天'绿之会'要给她举办一个画展。"我有些怀疑地问道:"她一直是个像孩子一样需要照顾的人,居然能带我倒两次电车回到家里,你真的不觉得桃香和过去大不一样了吗?"佐佐木却口吻有些不屑地说道:"你昨天就尽说这车轱辘话。我表姐除了反应迟钝些,跟正常人没太大区别啊。什么傻子啊智障啊的,都是你自己夸大其词的结果。"

放下电话,我还是不放心,便给"绿之会"事务局打了电话,结果证实今天确实是在区公民馆举办画展,只不过并非桃香的个展,而是"绿之会"成员画展,桃香有画作参展而已。我对桃香身在何处的担忧虽然消除了,可昨天的事仍然让我困惑不解:或许我对桃香智障程度的认知因疲于长年照顾有所夸大,但她也绝非像佐佐木所说的那样与常人差别无几。她现在所表现出来的正常,恰恰证实了惠子死后这半年来她的突变。大醉酩酊的我,往往是既固执又昏招连出,桃香居然能顺利将我带回家并安顿上床,这怎么也让我无法理解。

中午桃香没有回家。我肠胃处于醉后极度虚弱之中,一口饭也吃不下,正好也省得做了。我下到一楼,来到惠子灵堂前,点亮蜡烛,燃起线香,然后静静地盘腿坐了下来。"惠子啊,不管是不是你暗中相助,我都要真心感谢桃香。昨天如果没有她,我毫无疑问又会变成一条肮脏的蛆虫。"我这么自言自语地说着,不由得又想起那双无处不在的眼睛冷冷地看着我和妓女鬼混的情景,仿佛自己真的就变成了一条浑身沾满粪便、正丑陋地扭动身体的巨大蛆虫一样。我望着惠子的遗像,又一次觉得无地自容。遗像是我选的,是惠子三十年前和我初见时的模样:身穿和服,发髻梳理得一丝不乱,目光纯澈,笑容温暖动人……看着看着,我内心渐渐生出一种复杂难言的情绪,似乎在敬爱、感恩和怀念之中,还夹杂着一丝怨愤和不恭。"惠子小姐,这不公平啊。"我忍不住脱口而出,却并不清楚自己如此表达的具体含义。是因为做了鬼的惠子可以随意窥探我的隐私而我对她却一无所知?还是我半生因她陷入精神囚笼而她的人生却一直一如既往?

这样的情绪让我心里一阵愧疚,我甚至不敢再正视遗像上惠子的眼睛,而是双手合十行过礼后,走出了这幢让我情绪压抑的房子。

我漫无目的地信步乱走,不觉间到了旧中川边上。时值正午,阳光正盛。河边空无一人。河水被强烈的太阳光长久地暴晒着,散发着一阵阵浓烈刺鼻的腥臭之气。我路过新平井桥的桥下时,惊讶地发现,曾在这里成群结伙地过着集体生活的野良猫们,已经全部消失了踪影。只有一只通体黑色的猫儿不知何故淹死在了河水里,尸体已经被水泡得完全变形,胀大得让人触目惊心。

那只让桃香反应惊悚的黑猫很久不见踪影了,我不知道眼前这具猫尸是不是它。但那一瞬间,我又无端地想起了已经死去半年的惠子。

三十六

盂兰盆节长假期间,毛燕北曾两次打电话约我喝酒,都被我婉拒了。我不好意思说自己和别人喝酒喝到断片的事,而是借口说稿子最近写得不太顺手,没有任何心思喝酒,等过几天再说。8月19日下午,毛燕北又打电话来约酒局,我刚支支吾吾地想找个拒绝的理由,却被她立即看穿了:"刚有点名气就开始装牛×了?老娘才不管你有什么破事,明天上午十一点半'吉龙'见,你来也得来,不来也得来。"说罢不由分说地挂断了电话。

我知道毛燕北这么火急火燎地找我,不会是因为上次她所说的那些诸如"出版社要买断《圣徒的眼泪》的版权""有家网站希望做一期你的访谈"之类的事,而一定是她的个人生活又出了什么问题。8月20日是个星期六,我安排好桃香的午饭后,于十一点半准时赶到了位于池袋车站附近的吉龙饭馆。令我没有想到的是,毛燕北不是单独约我吃饭,她的身边还坐着一位中年男人。瞅见他们,我的第一反应居然是狐疑:难道我猜错了,毛燕北约局真的是为了谈正事?

毛燕北招呼我坐下后,就对我说:"这位是我的朋友黄爱社,是位医生。你的情况我已经告诉他了,就不用再啰唆一遍了。"黄爱社立即伸过手来:"幸会啊,老毛说你是著名作家,可惜我不喜欢看书,有点孤陋寡闻啊。"我一边说:"燕北的话,你都得反着听。"一边和他握手。让我吃惊不小的是,这个男人的手冰凉而坚硬,让我想起了我曾握着死去惠子的手的感觉。

这是一场让我觉得莫名其妙的饭局。我之所以三番五次想推掉毛燕北的饭局,主要是怕和她喝酒。毛燕北虽然经常对我照顾有加,不会让我喝得大醉酩酊,可她酒量超大且不容别人做主的强悍风格,往往会让我喝到不上不下的难受状态。而盂兰盆节和佐佐木的深度醉酒,让我闻见酒味就开始反胃,所以在来饭局的路上,我一直有一种赴汤蹈火的感觉。不料饭局刚开始,毛燕北却说:"今天没有主题,既不谈工作,也不聊苦恼,就是介绍你俩认识认识。爱社滴酒不沾,抱歉了老罗,我今天也不能陪你,你自己喝好。"我一听立即长舒一口气:"太好了,我这几天肠胃不舒服,刚好大夫也不让我喝酒。"整个饭局持续了两个小时,毛燕北喝了一扎生啤,我和黄爱社都滴酒未沾。不光喝酒的风格与平日大相径庭,毛燕北的所有表现,都跟换了个人一样让我耳目一新。她一改快言快语、咄咄逼人的女汉子形象,变得像个淑女一般寡言少语、不动声色。而面相阴柔、一举一动都条理分明的黄爱社,也是一个沉默是金的男人,所以整个饭局过程中几乎都是我在不停地说着废话。中途黄爱社去了一趟洗手间,我不解地问毛燕北:"姐们儿,我没喝一口酒倒晕了,你哭着喊着吃这顿饭,到底是什么目的?"毛燕北仍然一副不苟言笑的样子:"吃饭就是吃饭,还非得有什么目的?"

我虽然有些丈二和尚摸不着头脑,但毛燕北的"可以不喝酒"的"恩准",还是让我觉得不管她演的是哪一出戏,都让我彻底消除了对这顿饭的压力。我兴趣满满地和黄爱社聊天,尽管这个男人不太喜欢说话,我还是了解了不少关于他的信息:江苏人,38岁,毕业于日本私立S大医学部,获博士学位并留校任教。我笑着对毛燕北说:"你总是弄不清情况就乱开口,人家不是医生,是大学教授好吗?"不料黄爱社却说:"我在法医教研室工作,并不教书,除了从事研究,更多的工作是尸检,所以说医生比教师更准确。"我想起刚才和他握手时那种古怪的感觉,忍不住心里有些膈应。

就在饭局气氛有些尴尬的时候,我的手机却响了起来。我心想:谁这么善解人意,及时打来电话给我解围?而掏出电话看时,上面的来电显示让我吓了一跳。上次在富士山顶曾出现的、至今令我仍心存疑惑的事情又出现了:手机屏幕上显示的,居然又是家里的座机号码!我当时脑子里的第一反应就是,桃香身上确实发生了今非昔比的巨大变化,一定是她学会记住号码并打电话给我了。可等我忐忑不安地接听时,话筒里却传来了一个我熟悉的女人的声音:"井上先生,您没有想到吧,我是三木!"原来是三木今天从埼玉县秩父郡来东京办事,特意带了几瓶当地的名酒过来看我,却没想到我不在家。我在电话里诚恳地挽留三木在家里等我,晚上请她一起吃饭。但老太太却不由分说地拒绝了,她说:"家里兄弟离不得人,我坐会儿就走了。下个月我们小鹿野町有个传统祭奠活动,可热闹了。到时候一定请你们两口子过来住两天。"说到这里,三木老太太像忽然想起什么似的说,"咦,对了,几天不见,你们家桃香像变了个人似的,真让我刮目相看啊。"

挂了电话,我抬腕看看手表,时间还不到下午一点。我苦笑一声,对毛燕北道:"'子在川上曰,逝者如斯夫。'说这话那天,孔老夫子一定是喝高了。你看看现在才几点,不喝酒,时间好像就停滞不走了似的。"还不等毛燕北说话,黄爱社却已经站了起来:"时间已经不早了,我下午还有事。"我不知道毛燕北组织这个饭局的目的,正犹豫自己是不是该抢着买单,倒是黄爱社一句话,立即消除了我的尴尬。黄爱社说:"我去结账,然后咱们三个人平摊。"

在饭馆门口分手后,我刚进入池袋车站,就接到了毛燕北打来的电话:"哥们,你对黄爱社的印象怎么样,一定要实话实说啊。"我几乎想都没想地说:"是个傻×!我不明白你今天是怎么了,为什么要我和这么个无聊的废物见面。"毛燕北的口吻又恢复了昔日悍妇的风格:"说话别这么尖刻行不行,人家怎么就傻×了?不会虚头巴脑,不懂风花雪月,这正是理工男的实在之处。"我不服气地说:"别忘了你老公的花花事,他可也是理工男哦。"不料毛燕北一下子就急了:"谁他妈是我老公,老娘现在是单身。"说罢就气鼓鼓地挂断了电话。

"我×!她该不会真为这么个傻×离婚了吧?"这个想法刚一冒上头,我就为毛燕北今天所有的反常行为找到了合理的解释。

三十七

受"绿之会"绘画初级讲习班的影响,桃香从笨拙的胡抹乱涂开始,越来越沉迷于这种色彩和线条的游戏。从一开始,我就对她用涂鸦来打发时间一直非常支持。及时为她购买足够的颜料、画笔及画纸等耗材,整理被她弄得乱成一团的桌面,装模作样地对她的"作品"提出意见……在我看来,与过去长时间地呆坐桌旁、机械地摆弄沙漏的习惯相比,伏案画画让我觉得桃香更像一个正常人。我只是喜欢她以这样的方式消磨时光,而从未想过去解读她那些色块和线条中所代表的内容。因为我根本不认为桃香的画作会有什么含义,所有一切不过是她发育不全的大脑对这个世界的简单认知和记忆。比如有一段时间,她将把弄多年的沙漏收起后,绘画的对象全是记忆中各式各样的沙漏。而之后不久,她从电视上看到一起住宅失火的触目惊心的画面后,一度绘画的对象又全部变成了熊熊燃烧的火焰……有一次我去"绿之会"接桃香,负责教绘画的老师认真地对我说:"说实话,桃香别的方面可能有欠缺,但具有极高的绘画天分。"我假模假样地表示了谢意,但心里却极为不屑:所谓天分,就是因为她没有绘画基础,所有的东西都被她画得变了形而已。

但一件事情的出现,却让我开始怀疑:桃香随手涂抹出来的那些色块和线条,也许并非如我所想的那样毫无意义,而有可能是通往一个不为我所知的隐秘世界的暗道。

与佐佐木、小林喝醉酒的第二天,我漫无目的地去旧中川边上闲逛时,看见河水里赫然浸泡着一具黑猫的尸体,胀大变形,丑陋不堪。一路上我都在想,它是不是那只总会让桃香失声尖叫、像一个隐喻一样出现在我视线中的黑色野良猫?如果是,它离奇的死亡总让我无法停止一些荒唐的联想。回到家里,当我一眼瞥见放在餐厅角落里的一张画儿时,我忽然怔住了：那是桃香画的旧中川？我清清楚楚地记得当时的情形。桃香说："哈哈，死了，淹死了。"我看过画儿后笑道："桃香啊，鱼死不是因为天太热，就是有别的原因，鱼是不会被淹死的。"桃香却说："不是鱼，是猫，看这里。"她当时所指的，正是画面上这团黑乎乎的物体……我看着那团形状模糊的黑色色块，恍惚间它开始晃动起来，越来越清晰地变成了水中漂浮的那具黑色的猫尸……

这个关联的意外发现，让我着实震惊不已。这段时间发生在桃香身上的变化，让我本来就疑神疑鬼地觉得，这个女人数十年来的智障表现，只不过是一种伪装。在她那双看似空洞无物的眼神后面，其实隐藏着另一双明锐犀利的眼睛，对我的一举一动，对我内心的每一个闪念都明察秋毫、洞若观火。而这幅画儿无意中似乎更证实了我的猜测。从那天开始，我总是一有机会就往桃香身边凑，像个心事重重的偷窥者一样，试图从她所画的内容中找出与生活中某件事或某个记忆的关联。但独立事件引发的联想要达成缜密的求证，却不是一件容易的事。桃香画儿上的内容似乎又恢复了我对它过去的印象，看不出蕴含有任何暗示，完全就是一个智障者随心所欲的随手涂鸦。

8月26日星期五,吃过早饭后,我一边收拾上坟的东西,一边问正在收拾碗筷的桃香:"你知道今天是什么日子吗?"桃香说:"是妈妈的生日。"我吃惊地道:"哎呀,果然是奇迹啊。你怎么知道的,是因为看见我在准备上坟的东西吗?"桃香看着我,却一脸懵懂地说:"不知道。"尽管桃香总是这样一时明白一时又糊涂,但与过去几十年的状态相比,毫无疑问是有了让我刮目相看的飞跃。今天确实是惠子的生日。惠子在世的时候,每年这天,我们全家都会以外食的方式简单庆祝。今天是她死后的第一个生日,我数天前就做好了打算,带着桃香去上坟并像往年一样找家餐馆吃一顿中饭。准备好线香、蜡烛、鲜花、点心等物,我和桃香步行到常光寺的墓园时,时间刚刚过了十点半。惠子墓碑的花插中,插着两束正在怒放的鲜花,像是刚刚放上去一样。我对桃香说:"你看,有人比咱们来得早啊。"桃香没有说话,我觉得她的眼睛中掠过一丝慌乱的神色。可再细看时,却依旧是那副懵懵懂懂的样子。"一切都是你自己的心魔所致。"我自嘲地嘟囔了一句,开始和桃香摆放祭品和行礼祭奠。我双手合十,在心里默默地说:"惠子啊,今天是你的生日,我带桃香来看你了。其实,我也不知道你此刻魂在何处,是在这里、在家中,还是在别的地方。我和你相遇三十年,从来都相安无事。如今你死了,相处却变得如此艰难……"这么想着,我忽然一阵心酸,眼角禁不住湿润起来。此时,向来安静顺从的桃香,不知何故变得烦躁不安。她不顾我的劝阻,像个任性的小孩子一样,不停地嚷嚷着:"回家,我要画画儿。"

此时太阳正当头,天气闷热无比。我怕热天里桃香烦躁执拗的老毛病又犯了,便也不敢再坚持外食,而是出常光寺后打辆出租车直接回家了。一进家门,桃香果然一口水都来不及喝,就在餐桌上铺开画纸忙活起来。我看她不像要犯病的样子,便放心地进厨房拾掇午饭去了。尽管无奈地取消了外食计划,但今天是惠子死后的第一个生日,我还是比平日多做了几道菜。等我走出厨房,招呼桃香收拾餐桌准备吃饭时,发现她的画儿已经完成了一大半:似乎画的依旧是旧中川,只是不见了横跨其上的那座蓝色的铁桥。河面上依旧漂满了死鱼烂虾和杂乱的垃圾,而在河水深处,依旧有一团黑乎乎的、形状模糊的色块。桃香神色慌张地说:"看,快看,淹死了。"我一边卷起画纸,一边说:"你说的没错,那只黑猫确实淹死了。"不料桃香说:"不是猫,是勉儿。"

桃香的话飘进我的耳朵,像一道炸雷让我浑身一颤。在这段时间里,尽管理性让我对自己的想法极度反感,但内心阴暗残酷的情绪却时时沉渣泛起,不由自主地让我对井上勉充满了怨毒的仇恨。有时我强迫自己回忆勉小时候天真无邪得如同天使一样的模样,想以此消解对他累积渐深的厌恶之情,但却总是适得其反。我甚至觉得我记忆中关于井上勉曾经所有的美好,都已经被一种邪恶所覆盖。

"苍天保佑啊,千万别让桃香的话一语成谶。如果那样,就是我的怨毒杀死了那个无辜的孩子。"我怔在那里,半天脑袋里都在嗡嗡作响。

三十八

我之所以在生活中变得像一只惊弓之鸟,最大的原因是缘于自己太过丰富的联想。这种联想会轻易让或许只是两个独立的偶然事件产生因果关联,而这种关联既得不到证实,也无法有力地否定。就如同在富士山顶接到的那通奇怪电话与桃香之间;就如同桃香的绘画和那只淹死在河里的黑猫之间;就如同无法再在家里存活的花草植物和死去的惠子之间等等,等等,我都既无法证实,也无法否定二者之间的关联和因果。因此,当我8月26日听到桃香说"勉儿淹死了"这句话时,内心又一次泛起一丝做贼心虚般的惊慌:如果井上勉真的因意外而死,那会不会是我内心近期对他的咒怨起了作用？但这丝惊慌只是念起念落，如水面上轻漾的涟漪般瞬间消失。理性让我相信，这不过是自己又一次虚妄的联想而已。

但8月29日，妹妹罗文秀给我打来的一个电话，却让我又一次陷入了对这种关联深深的恐惧之中。

多年来的经验告诉我，妹妹的每一个电话，都不可能只是礼节性问候或有好消息分享，而一定是有需要我解决的难题或生活中出现了什么变故。由于桃香那句突兀的话还困扰着我，所以一接到妹妹的电话，我就紧张兮兮地问："是不是井上勉出什么事了？"妹妹有些惊讶地说："你有第六感啊？不过不是你儿子出事，是咱老爸出事了。别紧张，你别紧张，总算逢凶化吉，一切都过去了。"

妹妹告诉我说，父亲和他的日本孙子在云南丽江附近一个偏僻的少数民族村寨游玩时，遭遇罕见山洪，井上勉不小心落入湍急的河水。我父亲拼了老命去救，结果勉被推上了河岸，自己却因为体力不支沉入河中。就在万分危急时刻，恰逢几个附近的村民路过此地，见状纷纷下水，将奄奄一息的父亲救了上来……"老爸真是命大啊，溺水时间要是再长几分钟，据说就没有生还的希望了。"妹妹有些表功地说，"当天接到电话，小安就坐飞机赶过去了。怕你担心，当时没敢告诉你。老爸今天已经出院了，明天一早他们一起坐飞机回北京。"

我给妹妹说了些诸如"我总是指望不上，辛苦你们了"之类的废话，挂断电话后却陷入了巨大的惶恐：虽然出事的是父亲，可起因却是因为去救井上勉。如果当时父亲出于私心有一丝犹豫，不谙水性的勉无疑会葬身水底。如此看来，桃香前几天的所画所言，都是准确无误的预言或对天机的泄露。而到底是什么原因，让这个看上去智障的女人拥有了如此神奇的能力？我忽然觉得自己活在双重监控之下：一方面是隐身的惠子在注视着我的一举一动；另一方面则是莫测的桃香对我的未来了如指掌……一连几天，我都沉浸在这种惶恐和压抑的情绪中难以自拔。尽管理性反复告诫我说，这不过是自己对生活中巧合的又一次无端联想。

8月30日晚，我给刚飞回北京的父亲打了电话。我承认自己是个虚伪的人。尽管我内心的真实想法是抱怨父亲，指责他不该舍出老命去救一个其实和老罗家不搭界的外人，但说出来的话却是对父亲救了我的儿子表达谢意。电话里父亲根本不像一个刚在鬼门关走了一趟的人,他底气很足,声音洪亮:"你真快变成呆子了!我救自己的亲孙子还要你谢?你要谢倒是应该谢谢佟小安。这么多年家里本该你承担的事,都是人家替你做的。"我听见佟小安在一旁立即嘴甜地说:"爸,一个女婿半个儿,我也是您的儿子嘛。"我让父亲把电话转给井上勉,父亲却说:"别说了,他这两天情绪不好。"我差点失控地叫了起来:"您为他差点老命搭了进去,他兔崽子反倒情绪不好了?!"但我最终还是忍住了,因为我知道这股邪火,只是缘于自己内心的阴暗和残酷。我转移了话题,安慰父亲好好养病,并让他转告勉,确定了回日本的机票后告诉我一声,到时候我开车去接机,然后就挂断了电话。

暑假快结束了,井上勉将回到这个家里,以一种越来越让我感到别扭的方式展示自己的存在;新学期就要开始了,R大的中文课程又得占去我小说写作的不少时间……放下电话后,我忽然觉得心情十分烦乱。我看看墙上的闹钟,时间已经到了中午。我无心下厨做饭,便打算带着桃香去附近找个小馆子解决果腹问题。正在这时,门铃响了起来。我出去看时,一辆"宅急便"的小货车停在门口,一个宅配人员从车厢里卸下一个泡沫箱,笑盈盈地递过一张配送单说道:"是井上先生没错儿吧?请签收。"我接过单子看时,上面"内容"一栏填的是"食品"二字,"寄件人"一栏的地址是池袋某个具体门牌,而寄件人是一个陌生而不正规的中国姓名"燕子"。

我疑惑地拿回家打开看时,里面是一些真空包装和冷冻的中国食品:一袋道口烧鸡,一袋酱猪蹄,两袋汤圆,两盒午餐肉,两瓶陈年花雕酒,另外还有一些听装的八宝粥、方便面和涪陵榨菜等。这些食品是东京大多数中国食品店里常见的,也都是对我口味的。"毛燕北啊毛燕北,你简直就是我肚子里的蛔虫啊。"我看见"燕子"二字和位于池袋的门牌号,立即认定东西是毛燕北寄来的,心里不由得涌上一丝暖流。我立即改变了出门吃饭的主意,切了烧鸡、酱猪蹄和午餐肉,煮了汤圆,把整个上午都在一楼房间里帮儿子整理东西的桃香叫上楼,用不期而至的这些中国熟食解决了这顿午餐。看着桃香像个快乐的孩子一样吃得满嘴流油的样子,我忍不住给毛燕北打去电话表示感谢。毛燕北却说:"谁给你寄吃的了?我他妈最近一脑门的官司,烦得自己连饭都吃不下,还有心思给你献殷勤?"我开始以为她故意逗我,但她烦躁的口吻不像是开玩笑的样子,我便有些尴尬地说:"彼燕子原来并非此燕子,看来是我自作多情了。说说看,你最近在烦什么,是不是跟上次那个法医有关?"毛燕北却说了句:"不想说,尤其不想和你说。"然后便挂了电话。

热火朝天地吃了大半天,居然不知道所吃的食物是什么人寄来的,这让我心里有了一丝隐隐的担心。

三十九

安藤教授整个暑假都是在中国度过的。在这段时间里,他只是偶尔发一两条短信或照片和我联系,一会儿在北京,一会儿在某个南方小镇,看上去总是行踪不定。8月下旬的一天夜里,安藤曾发来一条奇怪的短信:"快开学了,可我仍举棋不定。"我回复他道:"你再这样走火入魔下去,不光古谷依然音讯全无,你也快和这个世界失联了。"我当时有些担心,这个被不断放大的旧情所困的胖大男人,也许真的会沉陷于追寻失踪精神恋人的迷局之中,遗忘甚至主动抛弃包括家庭、职业在内的一切世俗生活。好在我的担心没有变成现实,安藤总算赶在暑假结束前回到了日本。他打电话给我说:"算是听你的劝告吧,我回来了。下次见面,你不要太吃惊啊。"我笑道:"只要你没有变性,没有什么好让我吃惊的。"

9月6日是我上新学期的第一堂课的时间。上完课后,当我从教室里走出来,第一眼看见正站在花坛边向我招手的安藤和彦时,我感到的不是吃惊,而是震惊!说实话,当我看见一个男人在晃动双手时,我根本就没有意识到他是在向我招手,更不会想到他就是安藤。直到他喊我的名字时,我愣在那里半天才惊讶地开口道:"我×! 真是你啊!"身高1.81米、体重将近260斤的安藤,一个多月没见,居然瘦得失了形。他眼眶深陷,因肌肉和脂肪消失而变得松松垮垮的皮肤,像胡乱裹在身上的一件披风。看到我吃惊的样子,安藤居然笑了:"你不是不吃惊吗?眼珠子都快瞪出来了。"我说:"你还有心思笑?你这哪里是去了一趟中国,简直是刚从奥斯威辛集中营里放出来啊。"

我以为皮包骨头的安藤,一定会像只饿狼一样,愿意找个烤肉店或牛排馆大快朵颐地猛吃一顿,不料我征求他的意见时,他却说:"没有胃口,随你吧,我主要是想和你叙叙旧。"后来我们还是去了校园内那家以卖咖喱牛肉饭定食为主的快餐店。我发现安藤不是客气,他确实一点食欲都没有。在我们共进午餐的两个多小时里,一份咖喱牛肉饭他几乎没吃几口,而是一直用叉子戳弄着另一只餐盘里的蔬菜沙拉,看上去如同一个心事重重的怀春少女。安藤可能是怕我嘲笑他荒唐的痴情,在讲述自己的中国之行时,煞有介事地大谈异国见闻,而将涉及古谷的部分只是故意轻描淡写地夹杂在其中。我说:"别王顾左右而言他了。你就直接说,到底寻到了古谷的什么线索?"安藤沉默片刻,叹了口气道:"以我对她性格的了解,她不是个会选择自杀的人啊。可种种迹象表明,古谷极有可能选择了自杀。"安藤的武断对我而言,已经不是新鲜事了。我没有反驳他固执的推论,而是从他拉拉杂杂的讲述中梳理线索,总算弄清了事情的来龙去脉:在一个多月的时间里,安藤从与古谷相熟的女作家娇娃着手,关系套关系地寻访了几乎所有古谷的中国友人。一路追踪的结果显示,古谷4月16日直飞北京后,曾给一个熟人打电话询问过南方女作家唐月红新的电话号码。5月3日,唐月红曾接到古谷的电话,说自己来此地参加一个国际学术会议,尚未确定有无时间见面,随后又顺口询问了去往南山镇包出租的费用。5月9日,唐月红再次接到了古谷道别的电话,表达了因时间太紧而无法见面的歉意……古谷的每两个信息点之间都是大片的空白,试图从中寻找出一些蛛丝马迹,让安藤费尽了气力,吃遍了苦头。安藤说他甚至看到各地公安部门张贴的寻尸启事后,曾多次冒充家属去辨认尸体。安藤最后之所以得出古谷自杀的结论,一是证据显示,她此行中国的目的地就是南山镇,而南山镇的飞天崖因为深不见底,向来是不愿后人找到其尸身的自杀者的圣地。二来女作家唐月红因为有和古谷相似的经历,一直被古谷视为同病相怜的知己。每次去中国,行程再忙都会挤出时间和她见面,而这次在几经犹豫之后,却决绝地选择了不辞而别。"还有一点虽然不能证实,但我确信目击者看到的就是古谷。"安藤沉浸在自己的推理中,用一副不容辩驳的坚定口吻说道,"我走访了飞天崖附近的许多村民,好几个人回忆说,在5月26日黄昏,他们曾看到一个中老年女人在飞天崖边上徘徊。据他们说,那个女人戴着遮阳帽,衣着讲究,长得低矮又瘦小。你看看,那不是古谷是谁?"我忍不住反驳道:"你这也太主观武断了。这么模糊的描述,符合的人有成千上万,你怎么就能肯定是古谷?"但安藤的自信却丝毫不受打击,他说:"不光是长相,还有日期,你知道5月26日是什么日子吗?古谷的生日。大部分人自杀,都会选择一个特殊的日子。"

"好吧,我选择相信你的推断。既然古谷已经不在人世了,你总该消停下来,让自己的生活回归正常了吧?"我说。

"问题是……"

"问题是自杀并没有得到证实!"我打断了安藤的话,"既然没有证实,我就得继续寻找相关的证据,这就是你想说的,没错吧?我告诉你老伙计,我不怀疑你当初对古谷的情感,但现在你绝对已经走火入魔了。你其实已经不在乎古谷失踪的最终结果,而是完全沉溺于所谓寻找真相的过程中,就如同那些患暴食症的人一样,吃东西已经不是为了给身体摄取营养,而全然是在享受咀嚼和吞咽这个过程的快感一样。记住了,这是一种病。"我看了看一直在用叉子戳弄蔬菜沙拉的安藤,"你瘦成这样,恐怕既不是劳累和风餐露宿所致,也并非由于对古谷失踪事件的忧虑,我估计你是得了厌食症。真的老朋友,我觉得你应该去看医生。"安藤却笑道:"你老是嚷嚷着减肥,却没见你瘦下去一两。你看看我,就知道什么叫行动派了。"

不知是这家快餐店的空调出了问题,还是我的感觉出了问题,在和安藤吃饭聊天的过程中,一直觉得闷热无比,浑身出了一层虚汗。而坐在对面几乎没吃没喝的安藤,尽管一直在滔滔不绝地说着话,却看上去精力充沛,毫无倦意。

"一谈起古谷的事,你就像打了鸡血啊。"我无奈地一边说,一边伸手示意店员过来结账。我知道再说下去也是徒劳无益,无论别人怎么劝阻,在真相尚未出炉之前,安藤都会一条胡同走到黑的。

四十

进入9月份以来,东京的天气忽然一改自开春以来很少下雨的状况,进入了一个罕见的雨季。短暂的雷阵雨和一下就是数天的淋雨交替出现,仿佛是对久旱不雨的刻意弥补。漫长的雨季减少了人们户外活动的时间,也自然而然地成了我推辞各种活动或聚饮邀约的理由。我从小就喜欢雨天。在我童年的记忆中,雨天里总是和爷爷奶奶围坐在瓦屋的土炕上,一边听两个老人漫不经心地絮叨往事,一边听窗外不紧不慢的雨声,觉得时间如同停滞了一般平静安详。在这个不期而至的雨季里,除了去R大讲课、偶尔开车带桃香出去购物,我很少外出,大部分时间都是独自坐在书房里写作。随着《圣徒的眼泪》在《华人之声报》上连载的推进,它果真如毛燕北预料的那样,产生了越来越轰动的效应。每天我的电子邮箱里都会收到大量的读者来信,有夸赞肯定,也有谩骂诋毁,更多的却是对情节的预测和建议。面对这些读者来信,我起初并没有过分在意。但很快我就发现,读者对小说主人公命运的猜测性描写和建议,开始影响甚至左右我的思维,让写作这种原本极度个人的事情,竟慢慢演变成了一项大众参与的活动。我常常枯坐窗前,就如同自己的人生面对众多选择一样,对正在这部小说中复活的惠子的命运安排,充满了深深的纠结。雨水不紧不慢地敲击着窗户,让时间变得漫长无比。许多往事的片段在记忆中浮现,和小说中的情节混杂在一起,让我脑子一片混乱,无法分清哪些是曾经的真实,而哪些又是出自想象的虚构。

《圣徒的眼泪》之所以意外地引起轰动,除了毛燕北安排媒体的刻意炒作之外,最大的看点就是"一个日本贵妇的私生活"。随着那篇诋毁我的网文的广泛传播,我的个人信息被好事者越来越详细地人肉了出来。当读者了解到小说中的"惠子"和我的岳母不但同名同姓,而且经历也多有相似之处时,立即认定这本书并非我所宣称的小说,而是一部纪实文学。令我自己都感到荒诞的是,在小说中被我用文字复活了的惠子,尽管是一个与我记忆中真实的她截然不同的女人,但我却依然认同读者的判断,相信活在文字中的惠子和活在我记忆中的惠子,都是真实的惠子。就如同古谷所说的那样,两者不过都是"局部的真实",只是前者我不想或不敢去亲自证实而已。我对小说中惠子命运安排的纠结,其实并非出于对读者误会真实惠子人品的担心,而正是因为这种"不想"或"不敢"的心态。

惠子死去不久,我忍住强烈的好奇心,请专业清理公司将那箱"女人的私密用品"清理掉了。而《圣徒的眼泪》就是从一个上门女婿对刚刚死去的岳母的遗物清理开始的。小说的写作过程,既是满足自己好奇心的过程,也是用想象还原隐藏在生活表象之下的惠子的另一面的过程。在小说中,那个一直在我脑海里挥之不去的小箱子,被我坦然地打开,并将里面的每一件物品翻弄出来,仔细研判并由此引出一段又一段关于"一个日本贵妇的私生活"的故事。五花八门的来自不同情人的特殊礼物、给包养的牛郎们购买奢华用品的购物收据、各种各样的情书、私密的录像带、一本内容让人震惊的日记……箱子中每一件物品，其实都只是道具，是我用文字复活的惠子那些我一直在猜测却又不愿去证实的私生活的一件件道具而已。就如同在文字里被写得绘声绘色的私生活一样，不管是否真的存在，它们都是我对惠子完整认识里的一部分。

三十年前第一眼看见惠子时，还是大二学生的我，魂魄瞬间就被这个身穿和服、盘着高高发髻的少妇摄走了。那一幕迄今仍然醒目无比地保存在我越来越昏暗的记忆中。那是北京一个万木萧瑟的冬日的午后。在大学图书馆门前广场上，正在举行一家日本企业为该校设置贫困大学生救助基金活动。当时我刚从图书馆借书出来，惠子就如同冬日荒原上一株独放的鲜花一样，一下子异常醒目地映入了我的眼帘。她当时坐在一排身穿深色西装的男人们中间，身着淡粉色的上有金丝纹线的和服，抬头的瞬间目光正好和我相遇。那目光如同射向黑暗中的小耗子的一束强光，立即让我浑身如同触电一般止不住颤抖。我觉得自己的魂魄飞出了身体，消失在了那束强光的尽头……我大学毕业后不顾父亲的极力劝阻，义无反顾地辞去前程大好的稳定工作,选择了自费赴日留学。毕业后我又无视别人不解的眼光,娶了智障的桃香并入赘井上家。这一切现在看来,都像是一个丢了魂之人的追魂之旅。

在近二十年朝夕相处的共同生活中,不知是由于我主观意识的不断强化,还是惠子本身的刻意维护,她都以我对她最初的印象存在于我的世界里。这是一个成长于闭塞环境之中的懵懂少年对女人、对母性、对爱等柔软情感瞬间觉醒后的第一印象,它既是肉身又不是肉身,既具体又抽象,既唤醒欲望又压制欲望,既让人幸福又让人痛苦……从相见的第一眼起,惠子就是我自设的神,既像宗教般让我充满依赖,又如同宿命一样不可摆脱。从我决意踏上岛国的那一刻起,到惠子在毫无征兆的情况下猝然死去,我从未怀疑过,也从未评判过自己的人生选择。一切似乎都水到渠成,理所当然,根本不以自己的意志为转移。惠子的死亡,像一直平稳前行的列车忽然被重重地踩了一脚刹车,失去平衡的颠簸让我第一次意识到了惯性的存在,也让我对前行的意义产生了怀疑。

"你如此迫切地让一个无上之神以猥琐卑微的

形象在自己的文字中复活,是为了否定还是为了解脱?"我经常这样诘问自己,却无从寻找答案。每次回读《圣徒的眼泪》前面的章节,文字中所展现出来的那个虚伪做作、卖弄风情、肉欲横流、冷酷无情的惠子,都会让我生出一丝类似复仇的快意。而细思这种快意的缘由,却一次又一次地让我陷入迷茫。

9月7日星期三,当天是个雷雨天。一整天我枯坐书房,关于惠子这个"日本贵妇"的私生活,我是写了删,删了又写,直到外面的天色已经暗了下来,电脑屏幕上依旧只字未留。读者关于惠子命运和性格的建议干扰着我的情绪,我对自己写作动机的怀疑,更是让我下笔总是犹豫不决。我本来写了那只箱子中藏有一支多功能电动自慰棒,并由此引出一段有关色衰爱弛的老女人对青春的凄然回想。但故事快写完的时候,我还是决意删除了。尽管我对惠子私生活类似的猜测并非凭空捏造,但我还是觉得这样写太残忍了。

我忽然意识到,我不是在用文字复活惠子,而是在小心翼翼地摧毁惠子,如同在摧毁一座昔日的神像。

四十一

井上勉是9月2日从北京返回的。也不知是父亲没有把我的话转告他,还是他刻意拒绝我接站,所以并没有打电话或发短信告知回程机票的时间。9月2日阵雨不断,下午趁云收雨歇的当儿,我从书房走到院子里,刚点上香烟抽了一口,却看见井上勉拖着一只很大的黄色行李箱,推开院门走了进来。一个多月不见,风吹日晒让井上勉黑瘦了一圈,但也让他更有了成年男人的风韵。他上身穿一件紫色紧身短袖T恤,下身是一条米色的七分裤,看上去时髦、阳光、浑身充满青春活力。我看着他走进院子,心头立即蹿上一股无名之火,差点就冲他嚷嚷起来。但我知道这是自己的心病在作祟,还是克制住了想发火的冲动,而是一语不发地看着他继续抽烟,仿佛走进院门的是一团空气。井上勉对我如此古怪的态度大概有些意外,有点不知所措地冲我点了点头,然后低着头走进了一楼的大门。楼上的桃香大概从窗户里瞅见了回家的儿子,一面兴奋地叫着他的名字,一面急促地从二楼跑下来,快步进了勉的房间。

我站在院子里,桃香和井上勉说话的声音飘进我的耳朵,忽然让我觉得自己像走错了家门的外人,或者像一个心怀鬼胎的偷听者,完全与眼下自己身处的这个环境毫无关系。那种永远都不会消失的陌生感,又一次强烈地袭上我的心头。桃香母子间说话的声音,听上去也忽然间恍若生人。

阵雨又开始落了起来。我猛地抽了几口烟,逃避一般地回二楼的书房去了。

在这一瞬间,我觉得自己对井上勉、对这个以我亲生儿子的身份共同生活了十六年的少年,充满了铭心刻骨的仇恨。尽管理性告诉我他只是一个无辜的孩子,但我依然无法克制自己满腔的怒火。

对井上勉越来越强烈的愤怒情绪,并非是因为他进入了令人抓狂的叛逆期,也不是他对我向来不冷不热的态度,而是因为他与我北京的老父亲之间忽然建立起来的深厚的爷孙之情。令我自己都感到匪夷所思的是,十六年前,我在医院产房里第一眼看到这个意外降临的小生命时,涌上心头的却是一种庆幸:感谢苍天眷顾啊,我总算是可以对父亲、对老罗家有个交代了。

由于北京住房紧张的原因,我从出生就一直随爷爷奶奶在西北乡下生活,直到上小学时才回到父母身边。我不否认父母对我的感情,但长久离别造成的隔阂和父亲粗暴执拗的脾性,让我们父子之间总有一条似乎永远都无法逾越的鸿沟。我后来执意东渡留学,学成后又与日本女人结婚而定居异国,这都让父亲为之寒心。妹妹罗文秀曾告诉我说,几乎很少主动提及我的父亲,有一次在外面醉酒而归,抚摸着爷爷的遗像流下了眼泪:"老罗家恐怕是要断了香火了。"这让本来对传宗接代之类的事情既无兴趣也无责任感的我,第一次对父亲的绝望感到了深深的愧疚。因而井上勉的意外到来,不但没有让我感到丝毫的屈辱,反而因为有了可以聊以安慰父亲的名头而由衷地感到庆幸。

十六年来,我说不清楚自己对井上勉的真实感情。他和妈妈桃香一样,都拥有与我最亲近的名分,却都是在情感上与我形同陌路的外人。他们是我和惠子两人关系维持的背景和道具,我向来对他们没有爱也没有仇恨。惠子死了,我内心一道一直紧紧关闭的大门无形地被打开。这个一直相安无事地待在门外的少年,忽然突兀地闯了进来,让我第一次感到自己对他充满了排斥和仇恨。

桃香的记忆没有错,井上勉出生那天,东京罕见地下了一场大雪。但那不是冬天,而是一个气候异常的初春。当我在产房里看到啼声洪亮的婴儿时,第一时间给父亲打了电话:"老爸,生了生了,桃香给您生了个大胖孙子啊。"电话里父亲沉默了半天,态度第一次对我做了妥协:"不管怎么说,也是我们老罗家的骨血啊。"当时我望着桃香怀中那个肉嘟嘟的小生命,除了对父亲总算有所交代的庆幸,心里既没有喜悦,也没有沮丧,有的只是那种永远都挥之不去的陌生。

井上勉第一次和我父亲相见,是他已经长到3岁的时候。那年夏天,我带他去北京。妹妹一家三口和母亲都到机场来接,唯独不见父亲的身影。尽管母亲解释父亲临时有事,否则怎么也会亲自来机场,但我知道这是父亲需要表明的姿态：他接纳这个老罗家的新成员，但却并不完全认同。果然见面之后，父亲封了5000元红包做见面礼，言明和当年给孙女的一分不少一分不多。但在北京的十几天里，父亲却很少和这个孙子有亲近的时候。父亲和井上勉的这种状态，也正是我所期望的：一方面安慰了父亲关于"老罗家从此断了香火"的绝望；而另一方面，我清楚地知道，井上勉其实是一个与老罗家香火没有任何关系的外人，因此并不希望父亲对他过分亲近。

这么多年来，这种平衡确实也得到了很好的维持。我隔三岔五地会带井上勉回北京看望父亲，逢年过节或父母生日，也会以他的名义寄送礼物并致电问候。父亲则既不再做"老罗家绝后"的哀叹，也没有表现出对这个日本孙子过分的期许……然而新年伊始，这种平衡却被彻底打破了。思前想后，我觉得自己和井上勉从和平相处到对他充满排斥和仇恨，毫无疑问缘于这对爷孙之间关系所发生的突变。

9月9日星期五，又是一个雷雨天。这天下午，我从R大上完课回到家里时，听见一楼井上勉的房间里正在播放鬼哭狼嚎的西洋歌曲，音量很大，颇有些刺耳。我怒从心起,但还是忍了忍径直上楼去了。我刚把包放下,门铃却响了起来,一遍又一遍也不见有人应声。我愤怒地打开窗户喊道:"你聋了？难道寄给你的东西非得我替你签收吗?"楼下的音乐戛然而止,我看见井上勉从屋子里走出来,急匆匆地去开院门。自从他2号回来后,几乎每天都有从北京寄给他的包裹。我虽然不知道包裹的内容,但我猜测它们一定都是我老父亲买给自己"亲孙子"的礼物。

令我意外的是,很快井上勉就上楼走进了我的房间。他将包裹放在桌上,瓮声瓮气地说了句:"想发火也得先把理由找充足,看清了,是你的!"然后脚步重重地下楼去了。我疑惑地拿起包裹看时,"寄送人"一栏居然又是"燕子"和池袋车站附近的那个门牌号。

四十二

9月10日星期六,在分别三个多月后,我又一次见到了三木老太太。

从8月中旬开始,三木老太太就三番五次地打来电话,说她现在所住的埼玉县秩父郡的小鹿野町,每年9月的第二个星期日举办两神神社例行大祭,仪式古老,热闹异常,热情邀请我和桃香一定前来游玩,顺便也对她现在的新家认认门。到了9月9日,我还在考虑要不要真的去看老太太一趟,一大早却接到了三木家前女婿小泽的电话。小泽说是受老太太之托打电话给我的。他也受邀前去观看例行大祭,让我明天在家里等待,他开车来接,然后一同前往。事到如此,我能做的唯有欣然允诺。

9月10日八点钟,小泽准时按响了我家门铃。我和桃香出门后,发现站在一辆白色捷豹越野车旁边的,除了风度翩翩的小泽,还有一位陌生的年轻女孩。通过介绍,我才知道她叫浦生合香,是小泽的现任女友。想起死去的真珠和在上野真巴石火锅店见过一面的那个姑娘,再看看眼前的浦生,我发现小泽虽然频频更换女人,但就我所见的这三任而言,从长相到气质,完全出自同一个模子:纤小瘦弱,眼神忧郁,沉默寡言,动作迟缓。我礼貌性地对浦生说:"初次见面,请多多关照。"浦生深鞠一躬:"初次见面,请多多关照。"礼仪标准而又不带任何感情色彩,完全像是一个精致的机器人。

因为时间绰绰有余,小泽没有上高速,而是沿国道一路向北开去。车子出了东京不久,视野便开阔了起来。时值夏末,满眼葱茏,让人心旷神怡。散布在原野、山间的村舍,屋顶形状各异,五颜六色,像巨大绿色画布上赏心悦目的色块。小泽是个稳重却健谈的人,一边开车,一边喋喋不休地给我讲述沿途风景:废弃的采石场的历史,关东一带最长的隧道,附近观赏红叶的名所……诸如此类,如数家珍。我开玩笑道:"你滔滔不绝,浦生小姐一语不发,你们俩简直就是绝配啊。如果两个人都是话痨,一起过日子不干仗才怪。"还不等小泽搭腔,后座上的桃香却接话道:"我和爸爸都是话痨。"桃香恰如其分的玩笑,逗得小泽和女友都笑了起来,只有我觉得她的反应有些出乎意料。

中午在山中一家小餐馆吃了凉荞麦面。我因为不开车,大中午的破例喝了一壶清酒。车子又沿着蜿蜒的山道开了近一个小时,到达三木的新家时,已经快下午三点了。早已经站在大门口等候的三木老太太,短短数月不见,变得几乎让人认不出来:脸色红润,皮肤细腻,就连头上的白发似乎都比过去少了很多,仿佛一下子年轻了10岁。老太太眉目带笑,一副春风得意的喜庆模样。我吃惊地说道:"还是山里水土养人啊!才几个月不见,您看上去比我都年轻了。"在一旁正从车上往下大包小包地卸着礼物的小泽,闻言笑道:"跟山里的水土一毛钱关系都没有,是爱情养人啊。"三木老太太看着小泽的新女友,咯咯咯地笑出了声来:"少年夫妻老来伴,爱情是你们年轻人的事。"看着三木和前女婿喜气洋洋的样子,我想起死于那场火灾的真珠,心里总有一种怪怪的感觉。

三木的所谓老伴儿,正是她原来的小叔子。三木将他从厨房喊来跟大家见面时,着实吓了我一跳。他是个天生畸形的老男人,四肢蜷缩弯曲,腰背伛偻,显得奇矮无比。老人长着一张倒三角脸,八字眉,厚嘴唇,虽丑陋却看上去老实憨厚……三木大概看出了我掩饰不住的惊讶,爽朗地说道:"中国人讲丑妻近地家中宝,我现在日子舒坦,靠的也正是丑夫近地啊。"老汉的丑貌让我都不知如何接话,倒是小泽嘴皮子利索,他拍着三木老伴儿的肩头笑道:"您可别听我岳母说反话,她跟我念叨您不知有多少年了。"

三木的新家靠近一条小溪,是一幢据说已经有二百多年历史的平房。趁着老伴儿准备晚饭的功夫,三木带我们四处参观了一番。小鹿野町地处两神山的深山山谷,由几个规模不等的村落组成。例行大祭的主场两神神社,此时早已经挂起了彩带和灯笼。神乐堂更是挂满了捐礼者的玉串,台子上笛子、摇铃和大鼓等乐器也早已经摆设停当。这是三木老太太的出生地。她一路都兴致勃勃地给我们讲述大祭的盛况。但我的心思在真珠那本日记的内容上,小泽则是带着新女友来农家游的,所以都对三木的讲述显得心不在焉。倒是桃香一直紧紧地跟随着三木老太太,表情颇为认真地听着她所说的每一句话。

黄昏时分回到百年祖屋时,那个丑男人已经备好了晚饭。三木催我们洗手上桌。我看着一桌丰盛的酒菜,不好意思地说:"没一个人搭把手,真是累坏老人家了。"三木却说道:"唱戏累不?比做菜累,但如果有观众,再累都是高兴。"丑男人嘿嘿地憨笑道:"老嫂子就是善解人意。"三木老太太说:"还叫老嫂子,我是你老婆好不好。"

整个晚饭过程中,这个总让我想起卡西莫多的男主人,几乎充当了堂倌的角色。他一遍又一遍地往厨房跑,温酒、热菜、添汤、换碟,忙得不亦乐乎。而三木老太太一直陪着大家喝酒,眉飞色舞,谈笑风生,神情中看不出一丝不安或愧疚。倒是丑男人有些诚惶诚恐,生怕自己的招待工作有半点纰漏。小泽开了半天车,加之和新女友正是如胶似漆的时候,酒过三巡就告辞去了早已准备好的客房。三木老太太还要添酒,我伸手拦住了:"再喝明天就看不成热闹了。山村夜静,莫若您陪我出去吹吹野风?"

安排桃香睡下,跟收拾残羹剩饭的男主人打了声招呼,我便和三木老太太出了院子,沿着那条小溪一边聊天,一边漫无目的地朝上游走去。

"我知道你想问我和小叔子过去的故事。"三木声音平静地说,"你所猜没错,家中当年的变故确实起于我们。真珠这么多年来,从内心从来没有停止过对我的恨,也正是因为这件事。"

"是……"我有些结巴起来,"如果说错话,您千万别怪我啊。是不是您和小叔子的私情被您丈夫撞破,然后兄弟反目,女儿也从此与您结仇?"

"我老公是个酒鬼,那方面早就是废人一个。正是他觉得自家兄弟可怜,怂恿我们在一起的。当然,能给这个可怜男人一点快乐,也是我的愿望。这样的日子相安无事了两三年,后来无意间被我女儿撞破了。"三木轻叹一口气,"这很大程度上是造成真珠对婚姻过分挑剔的缘由。人生很短,所有的执念都只能带来痛苦啊。女儿的死,让我忽然看淡一切,包括她的自杀都让我觉得喜悦。因为对真珠而言,死亡真的是解脱痛苦的唯一方式。"

我对真珠日记中那件"惊天大事"的好奇心,像正越燃越旺的火苗忽然遭遇了一场瓢泼大雨,瞬间被彻底浇灭了。我甚至害怕三木口无遮拦地将事件的细节和盘托出，于是连忙改变了话题："山里的夜晚还真是凉啊，咱们还是回去吧。"

远处的两神神社灯火耀眼，鼓乐齐鸣，大概为了明天演出而进行的最后排练，正渐入高潮……

四十三

埼玉县秩父郡之行，我的初衷原本是揭开小泽真珠日记中那桩被描述得含混而隐秘的"重大事件"的来龙去脉，以满足自己无法遏制的好奇心。我本以为这是三木家一块陈旧的伤疤，重新揭开注定会鲜血淋漓，伤筋动骨。但没有想到三木老太太却主动向我坦陈了一切，心里波澜不惊，像是在叙述一桩与己无关的往事。三木老太太前卫得不可思议的处世态度，让我深感震惊，甚至超过了我对引发家庭变故的那场"叔嫂私情"的兴趣。

第二天的例行大祭确实分外热闹。小鹿野町万人空巷，男女老少齐聚两神神社，参加这一年一度的盛大活动。三木老太太带着我们到处游玩,兴致勃勃地说东讲西,快乐得像一个心思单纯的小姑娘。我看着她和前女婿小泽及前小叔子亲如一家的样子,总是在不断地想起真珠,想起那个一直活在怨念之中、最后以惨烈的方式结束了自己生命的柔弱阴郁的女人。她的死亡和三木枯木逢春般焕发出的勃勃生机,形成了让我内心为之一震的强烈反差。这种对比并不能让三木显得自私而绝情。相反,她的豁达和对一切苦难的顺承,更显示出一种博大和深刻的仁爱。三木老太太告诉我说,女儿真珠对自己充满怨恨还有一点原因:说她这个当母亲的不仅不帮助父亲戒酒,反而放任甚至纵容,结果让酒鬼父亲最终死于酒精。三木说:"我女儿不知道,其实所有戒酒的方法我都试过了。没有酒,她父亲活着了无生趣,活一天就痛苦一天。生命本来就短促,所以我选择了宁肯多打一份工,也要保证他每天有足够的酒喝。"理性让我下意识地觉得这是一种不负责任的态度,但我却说不出一句反驳的话,甚至内心充满了感动。回想自己的半世人生,我觉得似乎都活在一种妥协和自我囚禁之中。我当时忽然有了一丝冲动,想将自己的内心全部敞开,然后听听三木对我和桃香及井上勉之间古怪关系的看法。但思维惯性决定了我的冲动瞬间泛起又瞬间消失,只有沉默是我最终的选择。

9月11日离开埼玉县秩父郡时,头顶还是一片蓝天白云。车子一路向南,天气越来越阴沉。进入东京后,阴雨连绵,让人感觉仿佛在两个完全不同的世界做了一次穿越。车子驶到我家门口时,已经四点多了。我盛情挽留小泽和他的女友一起吃晚饭,但被他们婉拒了。看着车子消失在胡同拐弯处,桃香忽然冷不丁地说:"小泽是个大骗子。"我回头看着桃香,吃惊地问:"小泽对大家都这么好,你怎么会觉得他是个骗子?"桃香却说:"大叔说的。"我明白,一定是那个奇丑无比的老男人对侄女之死依然耿耿于怀,所以怎么也放不下对小泽的怨念。我轻叹一口气,自言自语地说:"三木老太太说得对,所有执念都只会给自己带来痛苦啊。"

很快我就发现,执念并不只是给自己带来痛苦,同样也会给他人带去压力和伤害。9月中旬开始,当那个名叫"燕子"的陌生人给我邮寄包裹的频率明显加大的时候,我意识到又一桩烦心事找到了自己身上。

第一次收到这个从名字判断应该是个女性的"燕子"寄来的中国食品时,我误以为是毛燕北对我的关怀。遭到毛燕北的否定后,我刻意查询了包裹单上的那个地址,才知道是池袋车站旁边那家我常去的中国食品店。我打电话问遍了所有可能的邮寄人,查询了"宅急便",也亲自跑了一趟那家中国食品店,可对似乎在故意隐身的"燕子"仍然一无所知。我便认定这些包裹可能寄自某个不认识的粉丝之手。随着《圣徒的眼泪》被炒作所产生的影响越来越大,我的电子信箱和博客留言越来越多,其中要求留电话、留地址的自然不在少数。"燕子"也许就是其中之一,只是该人不知通过什么途径有了我的家庭地址而已。第一次吃过寄来的食品后,我除了有一丝"该不会是哪个躲在暗处的仇人在食品里添加了毒药"的担心,并没有太过在意。第二次又寄来食品时,我连这点儿担心都没有了,认定只是某个好心粉丝表达的关心和善意。因为寄赠者在暗处,我根本无法联系,为此我特意在facebook上发了一条声明,表达了谢意并婉转地表示,从今往后谢绝任何寄赠行为。但这条声明非但没有奏效,相反从9月中旬开始,"燕子"邮寄包裹的频率明显加大了起来。她(也许是他)不仅隔三岔五就会有包裹寄上门,而且包裹内容也开始变得丰富起来。除了起初的食品外,还包括诸如皮带、钱包、烟斗、帽子等男人用品,有一次甚至寄来一条明显是个人手工织成的猩红色围巾。正是这条围巾彻底加剧了我的恐惧和压力。因为我曾经写过一个有关少男少女纯爱故事的短篇小说,女主人公给男主人公用情所织的一条猩红色的围巾,是整篇故事的一个象征物。女主人公最后因爱生恨,也正是用这条围巾勒死了自己曾深爱的男人……这条围巾提醒了我,我对照自己转发在个人主页上的作品,发现"燕子"所寄之物,不但都能从中找到出处,而且连式样甚至品牌也都一模一样。

"是她!一定是她!"我想起盂兰盆节和佐佐木喝酒时,他说中内千夏租住了我那间旧居的事,几乎瞬间认定,这个"燕子"就是并没有从一厢情愿的爱情中走出来的女学生中内千夏。第二天我去R大上课时,刻意去找中内询问此事。但她却一口回绝了:"我没有给你寄过任何东西,我现在的租屋如果真的是你旧居,不是巧合,就是命运的刻意安排。"说罢就默默地离开了。我相信了中内的话,因为一来我从她脸上没有看到一丝撒谎的表情;二来"燕子"所寄之物,全部都是中国用品,五花八门,产地各异,应该不是一个日本女孩轻易就能得手的。

"天啊,又一个中内千夏,而且比她疯狂十倍!"看着中内远去的背影,我忍不住叫出声来。那个于我而言一无所知的"燕子",后续还会有怎样疯狂的行动,我根本无从猜测。

9月将尽,虽然本月一直降雨不断,可气温依然让人闷热难受。但即便如此,季节的变化还是显示出了它的蛛丝马迹:在整个夏天里都散发着一股浓烈腥气的旧中川,那令人闻之情绪沮丧、精神萎靡的气味明显散淡了下去。就如同一个同行的狐臭患者,在你不经意间忽然罩上了一件外套,顿时呈现出一种相对清新的样貌。

四十四

毛燕北真的和法医黄爱社结婚了。8月19日一起见面时,我虽然对他俩的关系有过一丝怀疑,但毛燕北真的将自己的后半生托付给那么一个在我看来阴柔、孤僻、毫无热情的男人,却大大地出乎了我的意料。

毛燕北隐瞒了结婚的消息,甚至连国内的父母亲朋都没有告诉。在10月8日的饭局上,她犹豫再三后还是告诉了我,并神秘兮兮地说:"此事你知我知,别告诉圈子里的任何人。"我当时对这个消息惊讶万分,几乎是下意识地说:"不敢见光,说明你对这桩婚姻持有怀疑。"

10月8日星期六,适逢寒露,是秋天开始的标志。这天晚上,《华人之声报》报社的人在池袋西口不远处的怀石料理店"美浓吉"订了桌,由报社领导出面宴请从北京来的某家出版社谢总编一行。前三天毛燕北通知我参加时,我想也没想就拒绝了:"我不太喜欢这种社交性的酒局,你想喝酒的话,哪天咱们单约。"毛燕北却说:"你被谢总钦点,必须来。上次我说有出版社想买你的版权,就是他。"

这样的酒局,总是令人度日如年。我说着言不由衷的社交辞令,礼仪周正,举止得体,频频举杯,但酒只沾唇……我曾私下对毛燕北说:"我居然会如此装模作样,连我自己都感到讨厌。"但毛燕北却说:"这正是我欣赏你的地方。这不是装模作样,你的个性我比谁都了解,你也有资格我行我素,但却能在任何场合下按常规出牌,这是对他人的包容和尊重,是一种修行。"我不屑地说:"我×,你这是典型的情人眼里出西施。"毛燕北说:"有错吗? 一切情感都没有客观标准,只有主观臆断。"

彬彬有礼的饭局,就像身穿戏装的演出,注定会有剧情规定的时长。"美浓吉"的宴请,还不到八点半就结束了。宾主道别之后,毛燕北说有正经事和我谈,又约我去了附近一家居酒屋。一落座,我就忍不住摇头晃脑地说:"本日乃寒露,当饮菊花酒。岛国无处找,只好喝芋烧。"毛燕北哈哈大笑起来:"刚才饭局,确实把你憋坏了。"当即点了一瓶25度的"魔王"芋烧酒和几个下酒小菜,和我边喝边聊了起来。

毛燕北所说的确实算是"正经事",是关于《圣徒的眼泪》的故事走向的。毛燕北说,最近几期的连载,她觉得我写作的开合出了问题。本来应该越来越放开的故事,却让我写得缩手缩脚。尤其是主人公惠子,本来给人的感觉是一个"放荡的贵妇",这两期却试图让读者觉得这个印象其实只是错觉,她的放荡不过是对庸俗人生的一种反抗……我不得不承认,毛燕北确实明察秋毫,一眼就看出了我近期情绪纠结之后的转变。但我不想谈这件事,尤其是在喝酒的时候不想谈任何正经事,于是便说:"你眼毒!不过请放心,我会把故事写得更吸引读者的眼球。"毛燕北喝了一口酒:"千万别虎头蛇尾,小心糟蹋了一个好题材。好了好了,不说正经事了,那给你说点不正经的。"

这个所谓的"不正经事",一经毛燕北的口说出来,立即就震到我了:"我结婚了,和黄爱社!"见我有些发蒙,她大咧咧地提醒道:"就是上次带来见你的那个法医,你说人家是傻×的那个!"

毛燕北告诉我,她和黄爱社是10月1日正式登记的。特意选择中国国庆节,就是希望这桩婚姻能像祖国一样稳定地持续下去。毛燕北说:"我现在可是处在蜜月期的新娘哦,你还不祝福我一下。"我端起酒杯和她碰了一下,说道:"哪怕你嫁了个狗熊,我现在也只能祝福你了。"然后仰脖喝了下去,"人都说恋爱中的女人智商为零,你确定你不是一时昏头?"毛燕北笑道:"你看不出我的快乐吗?鞋是不是舒服,只有穿在脚上的人,才真的知道。"

这是一个意外且让我充满好奇的消息。毛燕北对新婚丈夫的描述,完全和我对那个男人的印象没有重合之处。我觉得黄爱社阴郁、孤僻、缺乏热情、不谙人情世故,但在毛燕北的描述中,他却理性、智慧、意志坚定和好恶分明。几乎是我说一条,她就立即反驳一条,搞得我烦躁地一挥手:"去球!你智商不是零,是负数。我不和你抬杠了,反正又不是我和他结婚。"毛燕北笑了起来:"这就对了,就像别人都无法理解你和桃香一样,她的好处只有你知道。"我差点脱口而出:"好处?你懂个屁!"但话到嘴边却又咽了回去。我想起毛燕北曾经说过的话,不无邪恶地问她道:"你本来性欲就强,又是如狼似虎的年龄,法医堪当此任吗?"结果毛燕北的话,却让我不得不在内心感慨:世界之大,无奇不有啊。毛燕北说,她最初对这段婚姻唯一的担忧就在于此。而现在,这一点则成了她这段新感情最大的亮点。更让我震惊的是,毛燕北一脸陶醉地说:"反正你在我眼里也不是男人,别瞪眼,你不是男人,是圣人,所以说出来也无妨。我和老黄做爱,他那双手冰凉冰凉,一抚摸到我,就让我联想起他触碰尸体的样子。这种联想不仅不让我扫兴,反而变得极度兴奋,每每总是高潮迭起,你说怪不怪?"我忍不住哈哈大笑起来:"不怪,一点都不怪,在你身上发生任何事都正常。"毛燕北撇嘴道:"我知道,你对黄爱社的第一印象就不好。和我前夫相比,任何一个人都会说我这是在弃明投暗。甚至我们现在住的房子,也完全是我出资购买的,这也是到现在我连父母都没有告诉的原因。人生看似有许多岔口,但你的特质和思维惯性决定了你只有一条路可走,别无选择,这才是宿命的真正意义。就如同你当年迎娶桃香,不管出于什么样的原因,但我相信也是唯一的选择。"

从不到九点开始喝到十点，一瓶720毫升的芋烧酒居然只喝下去一半。毛燕北一直高度兴奋，喋喋不休地给我分享着她新婚的喜悦。在说话的当儿，她会惊讶地插话道："喝酒啊，你今晚怎么了？我们家老黄再恶心，也不至于让你连酒都喝不下去吧？"尽管我心里想的是上次酒后去风月场鬼混的事，却言不由衷地说："廉颇老矣，我现在也就剩这点量了。"毛燕北狐疑地说："这不像你的风格啊。看你满腹心事的样子，该不会像那些俗物一样，也开始大叔爱萝莉了吧？"她的话让我想起了让我心存恐惧的"燕子"，苦笑了一声说道："你说对了，我虽然不是圣人，但确实也不一定是个男人。"

十点半我提议散场的时候，那瓶"魔王"最终还是剩了小半瓶。这对于我和毛燕北的酒局而言，属于史无前例的事。毛燕北临别前依然一脸狐疑的表情，她不解地嘟囔道："我一个蜜月期的新娘子，都没有急着回家，你一个大老爷们儿倒哭着喊着要散场，真他妈活见鬼了！"

四十五

在我原来的想象中,小说中的"我"和"惠子",一定会摆脱现实中我们之间这种古怪却真实的关系:这种因我在青春期对爱情、女性、日本特质及两性相处模式一己式的想象,而在惠子身上固化而成的类似宗教信仰的精神偏执。从小说刚开始,我就预料到自己会不可避免地写到上门女婿"我"对"惠子"女神般的敬仰和迷恋。我认为自己会像当年写《原欲与毁灭》一样,会把两人的关系上升到道德与欲望、理性与冲动、人性的明与暗甚至哲学意义上的生与死,展示一尊圣像被构建并最终摧毁的过程。而在我和惠子三十年的相处中,这些想法一直被我的理性高度囚禁,即便在脑海里稍有冒头,带来的都是对我精神世界的否定和亵渎,都会让我因这种否定而痛苦万分。

《圣徒的眼泪》的故事展开到一半的时候,我的写作变得缩手缩脚,不再像开篇那样肆无忌惮地描述女主人公"贵妇惠子"放荡不羁、虚伪无情的种种丑行,而是文笔和故事的走向都明显变得有所收敛。按一位读者来信所言:"就像一个火辣热情的脱衣舞娘衣服刚脱下一半,又开始扭捏羞涩地重新穿回了身上一样。"这种改变,除了越来越多读者的深度参与、我对小说主人公原型惠子的愧疚之外,最大的原因却是出于对井上勉的担忧。

小说在3月份刚开始连载时,井上勉就为此和我发生过一次激烈的争吵,说我这是"蓄意丑化"他的外婆。尽管我耐着性子解释了虚构和现实的差别,但却并没能真正平复他的怒火。为了避免再次刺激到这个莽撞少年,我让毛燕北停止了寄送样报。我以为这样便可以让他眼不见心不烦,免得再为这些虚无的话题闹出不快。但一个偶然的发现,让我忽然意识到事情远远不像我想的那样简单。

那是9月底的一天下午,我枯坐书房大半天,却对小说主人公的"荡妇"定位越来越产生了怀疑,以至于稿子一无进展。我心烦意乱地下楼来到惠子的灵位前,焚香燃烛、敲磬行礼,然后默默地坐下来,想象着惠子像活着的时候那样,在我遭遇纠结的时候能指点迷津。但我依旧无法安静下来,我总觉得有一道幽灵般的眼光从屋子的某个角落时不时扫过来,看似不经意,却带着明显的怨愤和鄙夷。"惠子,你怨恨我是应该的。如果你真的在,只求让我感受到你,哪怕以惩罚的方式。"我这样想着,内心更是无限孤独。理性总会适时地打破我的幻想,我知道这一切不过是自己的臆想。即使如我想的那样,灵魂真的以一种特殊的物质方式存在,它也不再是昔日那个能以她的真实存在支撑我精神幻想的惠子了。

我心烦意乱地站起身来,打算重回书房。就在刚要转身的时候,我无意间瞥见井上勉房间的门半开着,桌上赫然摊开着一叠《华人之声报》!我惊讶地走进去翻看时,只见报纸每一期连载的《圣徒的眼泪》旁,都用日语标注着各种日期和事件。而这些标注都与小说中的情节有所对应,就如同对一部史籍的注释和考证。我看着这些密密麻麻的小字,一时根本无法相信一个16岁的少年会有如此缜密的心思。我知道井上勉从小学开始就有写日记的习惯，一直保持至今。我敢断定这些报纸是他特意去中国物产店免费取回的，而连载文章旁边的这些文字注释，一定全部来自他存于电脑中的日记。"天啊，他居然有如此深的心机！"我忍不住叫出声来。想着井上勉一边艰难地阅读着对他而言还有相当难度的中文小说，一边对比着自己日记里相关内容的样子，我忽然有些害怕起来：这个越长大越让我感到陌生的少年，之所以对一篇小说做如此费心的考证，也许并不只是想证明我确实"蓄意丑化"了他的外婆，而是在小心翼翼地挖掘着一块铺满草坪的土地，试图找出被刻意掩埋在泥土之下的所有秘密！

这个意外发现，让我心里的担忧日复一日变得强烈，也开始让我对《圣徒的眼泪》的写作，无法再像以前那样天马行空、随心所欲，而总是思前想后、顾虑重重。除了惠子这个主人公的定位开始让我头疼，小说中惠子的孙女薰也变成了一块烫手的山芋，让我不知道该如何处理。薰虽然被我刻意安排成了女性，但认定惠子就是外婆原型的勉，毫无疑问会把薰视为被我精心伪装之后的他本人。而事实的确也是如此，小说中的"惠子"是我试图用文字复活的惠子,而小说中的女儿女婿及孙女薰,无一例外是现实中我们一家三口作为复活道具的存在。在小说开始的前几个章节,我为了吊读者胃口,已经多次在行文中暗示,薰的身世有着一段"被惠子刻意隐藏的重大秘密"。而到了小说进度过半的眼下,我又该虚构什么样的故事满足读者已经被吊足了的胃口?

发现这个秘密以后,我也曾想过和井上勉做一次长谈,好好沟通一番。但这个愣头青对我越来越疏远甚至敌视的目光,让我无奈地选择了沉默。这原本就是一个秘密无处不在的家庭,多一个少一个我不在乎,也不会有别人在乎。

井上勉对我的疏远甚至敌视,我可以找到聊以自慰的理由。但来自老父亲日益明显的疏远,却成了我越来越严重的心病。在我的记忆中,自从上小学前我从乡下爷爷家回到北京父母身边,我就是在父亲严厉的斥责声中度过的。即便后来我赴日留学到成家立业,无论见面还是在电话中,父亲总是说不上三句话就提高了嗓门,极少有和颜悦色的时候。但自从他和井上勉这个日本孙子忽然变得亲密无间之后,我感到自己日益被老父亲疏远和遗忘。有时父亲与勉的手机联系不上,将电话打到座机上时,从话筒里一听到我的声音,居然像对接线生说话一样客气地说:"帮我叫一下勉勉!"好像跟我这个唯一的亲生儿子多说一句话都是浪费。我原本和父亲之间就有着一道无法逾越的鸿沟,但他如此的反应,还是让我孤独万分。每当这样的时候,我总是一面怀念被他斥责的旧日岁月,一面内心充满怨愤地说:"勉勉?你以为他真的是老罗家的骨血啊?有你欲哭无泪的时候。"

10月23日是父亲的生日。除了50岁、60岁和70岁这样的整寿我会回北京为他庆生外,其余时候都是买一样生日礼物提前寄回家,然后生日当天给父亲打电话祝寿。10月13日,我打电话给父亲,询问给他购买生日礼物的事,不料父亲在电话里说:"今年不用你操心了。勉勉已经和我商量过了,他会把一切安排好的。"我有些埋怨地说:"您怎么现在眼里只有勉勉啊?别忘了,我可是您的亲儿子。"这样的埋怨放在往日,毫无疑问会招来一顿数落,不料父亲听后,却呵呵一笑道:"儿子替你把心操了,你应该感谢他才对。"

挂断电话后,我又给妹妹打了电话,忍不住唠叨了几句对父亲态度变化的困惑。妹妹听后安慰我说:"没事儿,过去老头儿对我们不也总是挑理吗。现在大概是因为老得没脾气了,总是乐乐呵呵的。原来每个周末聚餐,都是小安拿钱。现在老头变得可大方了,不光抢着结账,还尽点贵菜,上百块都不带眨眼的,弄得小安直怀疑老头儿是不是彩票中了大奖呢。"妹妹的话不但没能安慰我,反倒更增添了我的担心。我叹口气,心里有些七上八下地说:"事出反常必有因啊!老头从来不买彩票,你又不是不知道。"

四十六

10月中旬的东京,已经明显呈现出秋天的迹象。昼夜温差加大,阳光日渐乏力。许多树木的叶色开始变深,进入了生命周期的又一轮衰颓。作为主要街树的法国梧桐,阔大的叶片郁郁葱葱,以虚假的鼎盛对抗着即将到来的苍凉,如垂死病人的回光返照。在冬天来临之前,市役所就会派人来截肢般地锯掉主干之外的所有分叉,让它们变成一排排面目狰狞的树桩,犹如一排排身患皮肤病、头发落光的古怪病人。

旧中川在盛夏时节那种令人萎靡的腥臭气味,在进入10月后不久,就彻底消散殆尽了。河边垂钓的老人又渐渐多了起来。这是旧中川短暂而繁荣的时期。因为进入冬天以后,河里就再也看不到鱼儿的身影,钓者自然而然也就销声匿迹了。

10月18日星期二,我去R大上课时,获悉了一个令我既吃惊又觉得在情理之中的消息:安藤和彦教授辞职了!这个消息让我吃惊,是因为安藤如果再工作几年,就可以光荣退休,靠远高于平均数额的年金及一笔丰厚的退职金安度晚年。在这样的时候选择辞职,不得不令人匪夷所思。吃惊归吃惊,但我又觉得安藤此举在情理之中,因为在他身上出现这样的苗头,已经不是一天两天的事了。

9月6日安藤从中国回来和我第一次见面时,尽管已经瘦得失了人形,但依然双眼炯炯有神,样子看上去令人震惊。当时他深陷失踪者古谷是否真的已经在飞天崖自杀的纠结之中,抓耳挠腮,坐卧不宁。尽管我劝他就此放手,调养身心,回归正常的生活和工作,但此后安藤的表现,证明我的劝告丝毫没起作用;安藤先是和别的老师调课,后来干脆无故缺勤,弄得校方对他意见越来越大。也许是对我一贯泼凉水的做法也失去了耐心,我几次打电话约见,想当面劝劝他,也被他以种种理由婉拒了。我知道探究古谷失踪一事,已经在安藤心中被当成了使命重大的课题,甚至被当成了人生唯一的意义。"心不自救,便无药可救。"我当时就隐约觉得,这个皮包骨头却仍然精力旺盛的男人,一定还会做出更疯狂的事。所以当10月18日我从别的教师口中得知他辞职的消息后,我几乎是条件反射地说:"果不其然!"

课后我给安藤打了多个电话,但每次打通后都无人接听。在回家的电车上,我只好又给他发了一通很长的手机短信:

> 你既然能做出辞职这样的莽撞之举,我相信你会有更疯狂的下一步。你这是在不断自我暗示和自我强化内心一种虚无的神圣感,这种放大的情绪已经让你沉溺其中,失去了理性。你的行为于事无补,只会伤害自己及家人。老兄,千万不要再一条胡同走到黑了。请相信我是以老友的身份,掏心窝子地在劝你。

发完后我眼巴巴地看着电话,但直到电车到了终点站锦系町,也没有收到安藤只言片语的回复。

"我×!这老家伙该不会步古谷的后尘,也玩起了失踪吧。"我想着安藤那双燃烧般放着亮光的眼睛,不安地嘟囔了一声。

回到家里,当我刚推开院门走进去时,却看见桃香正愣愣地站在院子里。她身上穿着那件画画时当工作服的粉色睡衣,披头散发,脸色苍白,像是受到了什么惊吓。我赶紧走过去,一边扶着她往屋里走,一边说:"你不好好在楼上画画,跑下来干什么?别怕别怕,告诉我出了什么事?"桃香眼神惊恐地看着我,半天才说:"妈妈,是妈妈,妈妈死了!"虽然看似一个智障者的随口乱说,但桃香的话还是令我惊讶。我不知道她是受了什么刺激,还是忽然间开窍明白了生死。因为在我的记忆中,惠子去世都快一年了,桃香似乎是第一次以悲伤和惊恐的表情谈及母亲的死亡。

二楼的餐桌上,平铺着桃香上午新作的一幅画儿。我一边给桃香沏茶,一边近前看了一眼,故作惊讶地夸赞道:"你的绘画又创新流派了?嗯,这个应该属于抽象派,不过这些方块代表的是什么啊?"桃香说:"是包裹。"我不解地问:"包裹?为什么会想起来画包裹?"桃香却似乎又回到了刚才的沮丧和惊恐中,喃喃自语地说:"妈妈死了。"我把沏好的茶端给桃香,无奈地笑道:"我的桃香啊,你真的越来越有艺术家的范儿了。"

桃香自从在"绿之会"开始学画以来,除了画零七八碎、主题不定的作业之外,她自己的乱涂乱抹共分为三个阶段:第一阶段是沙漏期,每天所画,千篇一律都是各种各样的沙漏;第二阶段是全家福期,画面上永远都是两女一男三个大人和一个孩子,之所以称之为"全家福",是因为我认定那是残存在桃香记忆中的我们曾经的四口之家;第三阶段是旧中川期,桃香这一阶段的构图基本由一条弯曲的水流构成,桥梁时有时无,而水面上有时干净无比,有时则漂满死鱼或别的浮物。而今天这张画,与以往都不相同:画面由不规则堆积在一起的方块图案构成,方块大大小小,花花绿绿,看上去充满意义不明的抽象色彩。我仔细打量着这张改变了以往风格的绘画,却无从知道这些色彩和线条与桃香意识的关联。"是这些方块让桃香联想到了成瀍惠子的棺材吗?抑或是这些色彩让她记起了包裹死尸的那套华丽的和服?"我胡乱猜测,却百思而不得其解。我注意到方块图案的底部,有一摊红色的颜料,不知是桃香有意画上去的,还是不小心洒上去的。或许是这摊红色让她受了惊吓？自从十七年前那个被我当作秘密留存在记忆中的夏夜开始，我就知道桃香一直对红色既敏感又恐惧。我望着这摊红色，恍惚间觉得那些色块变成了沉重的箱子，而不知什么活物被压在了下面，正有一大片殷红的鲜血从箱子底下汩汩流出。这种感觉让我心里也猛地一惊。

"包裹？"我想着桃香刚才的话，还是无法解读到底是什么记忆诱发她画下了这幅符号一样的怪画。"包裹？包裹……"我在心里一遍又一遍地念叨着，桃香的心思没有猜出来，不经意倒是想起了那个署名"燕子"的神秘人物。这才忽然意识到，已经有好一阵子没有再次收到让我惶惶不安的礼物了。

"看来我在facebook上的声明起作用了。"这么想着，我前段时间疑神疑鬼、担惊受怕的情绪顿时一扫而光。

四十七

10月23日是父亲77岁生日。当天早上等到北京时间八点,我给父亲打了电话,打算按惯例给老头子说些祝寿的吉祥话。电话却是母亲接的,告诉我父亲还在睡觉。我知道父亲一直有失眠的毛病,以为他熬到天快亮才睡下。不料母亲说:"失眠?他现在晚上九点上床,一觉醒来就是第二天九十点钟。"我嘴上笑着说:"能吃能睡是好事嘛!那我等他醒来再打。"但放下电话后,我对父亲这大半年来发生的变化还是感到吃惊。而这种吃惊引发的,不由自主又是内心对井上勉那种明显夹杂着仇恨和不甘的复杂情绪。

十点多我又一次打了电话,给父亲说了些祝寿的套话,并老生常谈地叮嘱他善待自己和母亲,儿孙自有儿孙福,不要总是为他们操心。父亲听上去情绪很好。他罕见地附和了我的意见:"你说得没错。我一辈子太抠,把钱看得太重,现在可算开窍了。"我笑道:"这就对了嘛,端碗能吃喝,倒头能睡着,以您现在这种状态,活到一百岁是轻轻松松的事。"父亲不无得意地说:"我没有那么大的奢望,但看着勉勉结婚生子,老罗家四世同堂,这一天还是等得到的。"

在我的记忆中,每年10月23日这天基本都是同样的模式:我早上打电话给父亲祝寿;中午妹妹一家三口会订好蛋糕和饭店,请父母吃一顿丰盛的生日宴;晚上妹妹则会打个电话给我,不无表功地向我描述当天的热闹气氛,我则向他们两口子代我尽孝表达感激……但这天下午不到两点,我却接到了妹夫佟小安的电话,说今年的生日宴不欢而散,我妹妹和父亲彻底翻脸了!

佟小安尽管强装平静,但还是能明显听出口吻中的抱怨情绪。在我的努力安抚下,他总算说清楚了事情的来龙去脉。原来上午将近十一点的时候,妹妹一家三口带着给父亲买好的生日礼物,开车去了父母家。到达时正碰上电器公司送来一台全自动电动按摩椅。妹妹开玩笑说:"老爸现在真是大手笔,这玩意儿得好几千吧?"不料父亲一撇嘴:"好几千也能叫大手笔?说出来吓你一跳,差几千块就十万了。"看到妹妹妹夫都惊讶得瞪圆了眼睛,父亲这才说:"我还没有这么大魄力,是勉勉给我买的生日礼物。"看着自己带来的生日礼物,妹妹脸上有些挂不住地调侃道:"花两千多给您买这个洗脚盆,我都要吃一个月咸菜了。还是日本人有钱,一出手就是十万。"不料父亲却认了真,他不给情面地当场拉下了脸子:"你这像个当姑姑的说的话吗?什么日本人,那是咱们老罗家的血脉,你叔叔只有两个女儿,勉勉是下一代的独苗!你明白吗?"见父亲动了怒,妹妹罗文秀赶紧赔着笑脸,说自己只是开个玩笑,望老父亲千万别认真。几个人好生劝慰,才拉着父亲去了附近的"北平楼"吃饭。本来一场风波可以就此平息,甚至面对老父亲在饭桌上一直偏心地对他的日本孙子赞不绝口,而对就坐在身旁的孙女只字不提,妹妹两口子也没敢有半句怨言,只是一味地附和着老人家。但最后父亲不经意透露出的一个消息,却让妹妹忍无可忍,在一番激烈的争吵后,彻底和父亲翻了脸。

这个消息也让我震惊不小:父亲居然在没有和任何人商量的情况下,将自己所住的那套三居室在银行做了抵押贷款!

"哥啊,我本来是个外人,不该乱插嘴的。但有些话,我也只能跟你说说了。"佟小安情绪沮丧地说,"文秀开始也没敢说什么,因为不管怎么样,那毕竟是人家老头的房子。后来听到老头说这些钱除了老两口养老,主要用来给孙子留学用时,文秀忍不住说,孙子该管,孙女就不要管吗?结果老头大发雷霆,说了很多绝情又难听的话,甚至说我们一家表面上照顾他,其实都是冲着他的房子去的。他偏要花个干干净净,一分一厘也不留。你说说,有这么让人寒心的吗?哥啊,兄弟今天有些怨言要说,你乐意听就听,不乐意听就权当我没说。你再有钱,也不该拿出十万让勉给他爷爷买生日礼物吧,那不是故意给我们'下巴底下支砖'吗?"……佟小安的这通电话,打了一个多小时,满腹委屈,喋喋不休。我再三安慰和保证,绝对力劝并协助老父亲还清银行贷款,重新拿回房本,佟小安这才半信半疑地挂断了电话。

考虑到当天是父亲的生日,而且老头子肯定还在气头上，我没敢贸然打电话给他。过了三天之后的26号，我才惴惴不安地拨通了父亲的电话。还没等我开口，父亲就说："他们给你打电话了吧？我就知道会恶人先告状。你甭替他们说话，越是有心机，就越别想从我这里得到一分钱。我主意已决，这些钱除了我和你妈养老，都是留给勉勉的。这并不光是隔代亲的事，说实话，比起你小时候来，他才更像老罗家的人。"一听此话，我对井上勉长期以来的怒火瞬间被点燃了，几乎是脱口而出地高声道："什么老罗家老罗家的，你怎么就知道他一定不是个野种！"电话那头的父亲似乎被震住了，他沉默一阵后，冷冷地说："为了达到目的，你真是不择手段啊，这样混账的话都能说得出来！"说罢便断然挂了电话。

　　脱口而出这句话，本来只是情绪失控的结果。但父亲挂断电话后，我反而有一种如释重负的感觉。我一直纠结于是否应该将井上勉的身世告诉父亲。如果不告诉，我无法容忍自己是靠欺骗带给晚境中的父亲幸福感。而一旦告诉，这个天大的秘密的泄露则会伤害到每一个与自己息息相关的人。受伤最严重的，无疑会是父亲。在随后的几天里，我一直在揣测父亲对我这句话的反应：他会联想到过去我种种不合常理的表现而选择相信？会因此有所怀疑而打来电话一问究竟？还是会像刚听到时那样,觉得只是我为了给妹妹争取财产而刻意对他们爷孙的离间？

令我没有想到的是,直到10月份的最后一天,我也没有接到父亲的电话。我开始变得焦躁不安起来,甚至主动放下身段,旁敲侧击地询问井上勉有关爷爷的情况。而儿子的话更让我感到事态不妙:"我给爷爷发了好多信息,他连一条都没有回复。"我情绪大乱,立即给北京的家里打了电话。电话是母亲接的,她一听我的声音,急得都快哭了起来:"哎呀,你可来电话了。你老子这几天不吃不喝地躺在床上,既不去医院,又不让我告诉你妹妹,两眼直勾勾的,也不知是犯了什么病。"我对母亲说:"您别急,我爸不过是心病。您把电话给他,这病我能治。"

我彻底投降了。在电话里,我又是半开玩笑,又是故意赌气,极尽自己那点有限的嘴上功夫,目的只是为了让父亲相信:我混蛋,气头上说话不过脑子!井上勉是老罗家纯正的骨血,老罗家要续上香火,只能靠这根独苗了……一直沉默的父亲,最后终于带着哭腔说:"孽障啊!玩笑能这么开吗?你差点要了你爹的老命。"

四十八

　　进入11月份,天气总算彻底凉了下来。早晚时分或下雨的日子,甚至已经有了明显的寒意。家附近的旧中川渐渐摆脱了喧嚣和浮躁,开始呈现出一种沉静寂寥、苍凉肃穆的姿态。盛夏季节里河水所散发出来的腥臭气味彻底消失了,就如同一块溃烂的伤口终于愈合,一切都重归完整与美好。这是一个收获的季节。开车去郊外的路上,到处可见农园主在路边搭建的大帐,里面摆满了各种瓜果和特产。各处红叶名所相继进入观赏期,到处是摩肩接踵的游人。万木在凋零之前所竭力渲染的绚烂美景,在我眼里总有一种赴死的悲壮。

毛燕北在对《圣徒的眼泪》的故事走向一次次地表达不满之后,有一次给我打电话时情绪明显烦躁地说:"已经有越来越多的读者开始失望,认为这个故事虎头蛇尾。你再这样一意孤行,咱们前面的努力就全都白费了。"我当时正在一家农园的大帐里购买丰水梨,她的电话让我立即想起一个词——谎花。我对毛燕北说:"谎花不结果,但并不代表就一定没有收获。"毛燕北大概没有听明白,气急败坏地在话筒里嚷了起来:"我急得抓耳挠腮,你他妈还有心思摇头晃脑地说这些废话。"

我明白毛燕北的急躁,就如同我明白读者的失望一样。《圣徒的眼泪》越来越像一树谎花,最终注定不会结出读者希望的果实。但这是我在反复纠结之后刻意的选择。繁花一树落尽时,徒留空枝不见果,只有这样看似没有收获的结局,才能让我收获新的稳定和安全,才能让我的人生不至于被撕裂成碎片。小说前半部分从惠子那箱遗物写起,以揭秘的方式描写了女主人公糜烂肮脏的私生活,将已经以"高贵、优雅、聪慧、贤淑"而盖棺定论的惠子重新定义为一个虚伪、自私、残忍和下流的荡妇。但到了后半部分,我却让小说的走向彻底发生了逆转:发生在惠子身上的所有故事,不过都出自那个上门女婿的臆想。是这个出身微贱、生性敏感的男人,由于豪门生活长久的压抑,而对如一尊威严的大神般存在于自己生活中的这个女人的恶意否定和丑化……当写到女婿开始反思自己阴暗的心态,重新肯定与敬畏岳母惠子女神般不可冒犯的尊贵与圣洁时,我一边流泪一边喃喃自语:"对不起,对不起啊。"其实我并不知道是在向谁忏悔,到底是向读者、向惠子,还是向自己?

惠子死了,试图让她在文字里复活的努力,最终也被我扼杀在了萌芽状态。但我相信那个最终停留在了我想象中的惠子,并非我的臆想,而是惠子的另一面,是在我半世人生貌似平静的水面下若隐若现的另一个真实的惠子。我一直都知道她的存在,但却不忍或不敢让她真正在生活中现身。而现在,她只能永远存在于我的想象中,连在文字里复活的可能性都失去了。

11月7日,立冬。这天一大早,我独自去了一趟常光寺。

三十一年前的这一天,当时身为大二学生的我,在校图书馆门前的广场上,第一次见到了惠子——

那个肉身已被烧成一捧骨灰、此刻就埋葬在常光寺墓园里的女人。好久没来,惠子的墓碑依旧一尘不染,花插里新近换上的鲜花依旧盛开。那个迄今为止身份不明的扫墓者,已经让我从当初的好奇变成了彻底的感动。今天我特意这么早赶来上坟,就是为了避免和对方万一相遇的可能。就如同我在小说里放弃了对另一个陌生的惠子的文字追寻一样,让这个一定和惠子有着非同寻常故事的人物保持隐身,才会更让生活充满回味。当天上坟,我没有带蜡烛、鲜花和糕点,而只带了一瓶伏特加。我盘腿在墓碑前坐下,倒了两杯酒,放一杯在墓前,再端起另一杯,无限感慨地说:"惠子啊,如果一生不和你相逢,或相逢在另一个时期,你会依旧是你,而我也许会过完全不同的另一种人生。"说罢仰脖将酒一饮而尽,然后又满斟一杯……

惠子生前,除了礼节性地举杯,我从来没有在她面前喝过一次酒。一是因为从我刚认识惠子起,她就告诉我自己是个滴酒不沾的人;二来我每每醉酒后都会去风月场所淫乱的肮脏记忆,让我根本无颜在这个如神般的女人面前端起酒杯。惠子60岁生日的时候,我刻意为她大操大办了一次。在那次生日宴上,我才从她一位喝醉酒的昔日闺蜜口中得知,惠子所谓的滴酒不沾,只是后来戒酒了而已。她年轻时其实是个重量级酒鬼,女儿桃香的智障就是她酗酒的结果……"惠子啊,"也许是酒精让人情绪放松的缘故,想起往事我忽然想笑,"你闺蜜不光说你酗酒的事,还有你赌博成性,去店里泡夜郎,背着老公找情人,七七八八,简直把你说成了一个放荡女人。要不是看她那天实在喝高了,我气得差点动手打了她。"

那天的事我记得很清楚。惠子闺蜜的话,好像打碎了我一直小心翼翼供奉在内心深处的一尊佛像,既让我伤心愤怒,又似乎带有一丝从此摆脱沉重的轻松。生日宴会结束后,我第一次在没有喝酒的清醒状态下去找了女人。那是一个名叫晴子的已婚日本女人,对我一直抱有幻想。有那么几次,两人已经到了情不自禁的地步,却都被我理性地终止了。幽怨的晴子说:"你要么是假正经,要么是有病。"那天我怀着复仇般的情绪约她去了一家love hotel,当我们终于赤裸相见的时候,我却怎么也无法勃起……晴子最后也黔驴技穷了,由扫兴而怨愤地说:"看看,我说你有病吧。"奇怪的是,我当时一点羞愧的感觉都没有,而是忍不住哈哈哈大笑着说:"你太优雅了,我干这事只能和妓女。"本来就烦躁的晴子更加愤怒,她三两下穿好衣服,在拂袖而去之前一字一顿地对我说:"你不仅阳痿,而且还变态。"

我之所以带伏特加来,就是因为据她闺蜜说,惠子的酒瘾就是在莫斯科留学期间染上的,伏特加一直是其最爱。我很少喝伏特加,半瓶下去,已经有了明显的醉意。我把剩余的酒浇在了惠子墓前,起身说道:"惠子,我为你魂牵梦绕半生,甚至为接近你而不惜娶了桃香。其实这与真实的你无关,而只与三十一年前对你那一瞬间的印象有关。劫持我灵魂的是另一个惠子,是那个印象在我心中的投影。我不该对你有半分怨愤,因为你并非我的牢笼。就算是,那也是我自己心甘情愿走进去的。自由就在外面,但我却一次又一次重新关上了已经被打开的牢门。自由对于健康者是美味珍馐,而我却是个严重的病人。"

从常光寺出来时,我仰头看了看寺门旁那座汉白玉坐佛的雕像。从来都垂头闭目、状如打盹的大佛,恍惚间嘴角似乎浮起了一丝暗笑。这笑意模棱两可,让我在回去的路上一直琢磨不透。佛容如此,到底是对我终得解脱的欣慰,还是对我执迷不悟的嘲讽。

四十九

11月中旬,一个意外事件的发生,给我原本就已经焦头烂额的生活,又增添了一份不堪承受的压力和烦恼。

11月15日星期二,东京遭遇了一场大风降温天气。这天上午我本来在R大有课,但和桃香吃过早餐后,我听着屋外呼啸的风声,看着在风中剧烈摇摆的树木和电线,在几经犹豫后,还是给学校打电话请了假。安藤辞职后,学院原本和他有过节的人自然会跳出来,以肃清流毒之名极尽否定之能事。我最近已经听到风言风语,说安藤招我到学院担任非常勤讲师,完全是出于私人交情,原来备选之人几乎都比我更有资格。"妈的！撒了这碗饭,老子难道会饿死不成！"一想到这些,我就感到愤愤不平。如果不是看在许多学生真心喜欢这门课的分上,我几次都想主动请辞,免得一帮小人再以此给安藤下巴底下支砖。桃香收拾好碗筷后,几乎是程序化地安心画画去了。我走进书房,尽管《圣徒的眼泪》越写越偏离我的初衷,但我唯一能做的,就是硬着头皮将它写完交差。

小说主人公惠子不可挽回地被我写成了"脱衣到一半又莫名穿起的舞娘""虚伪到令人作呕的寡妇"和"作者虚构的意淫对象",但我已经对此不再纠结。这几天令我苦恼的是,如何为自己前面的伏笔——"薫的身世有着一段被惠子刻意隐藏的重大秘密"——虚构一个相对合理的故事。如果按照初衷,我将通过小说主人公薫的故事来昭示井上勉身世的秘密。尽管在外人眼里,这个秘密会让我充满屈辱,但其实我从来都没有在意过。毫无疑问,勉身世的秘密是一个极好的小说素材：十七年前夏初的5月2日,这个日子我注定会终生铭记。当时正值5月长假期间,2号惠子有事外出,说好由我在家照看桃香。那一年天气开始转热后,桃香一到夏天就容易发作的暴躁症状并不是十分明显。所以下午三点钟,有个路过家门的朋友打电话说有事相商时,我稍经犹豫,最终还是去附近一家咖啡馆和他见面。尽管我因心有所惦而只待了一杯咖啡的工夫,但匆匆回到家时,还是发现桃香自己出门了……那天我和惠子从下午一直找到深夜,最后在警察的帮助下,才在一个公园的长凳上找见了沉沉睡去的桃香。而在此后不久,惠子就一脸喜色地告诉我:"桃香最近老是吐酸水,看来我可能要当奶奶了。"

说实话,我和桃香只有过有限的几次夫妻生活。那是在我们的蜜月期。作为新娘的桃香,对男女之事完全懵懂无知。整个过程中,我从她的表情中看不到一丝快乐,也看不到一丝兴奋,让我事后总有一种奸婴的强烈负罪感。在那之后,即便自己萌生了性冲动,妻子桃香的作用也只是让我重新变得心如止水。桃香那天的遭遇我问过多次,但她的记忆是一片空白。而正是这片空白,会给一个小说家带来无限想象的空间。与桃香发生关系的男人的身份、动机、过程,每一个细节,都会有无数的可能,都会写成非常精彩的故事……但井上勉那双狼一样阴沉地在暗中盯着我的目光,让我只能把这个秘密继续藏在心底,或许永远都不会有说出来的机会。

我从八点开始枯坐桌前,绞尽脑汁,电脑上关于薰的"身世之谜"写了删,删了又写,好像怎么也难以自圆其说。我看看墙上的挂钟,指针已经指向了十点,便烦躁地打开了书房里的小电视,打算看看整点新闻以换换脑子。电视新闻的前几条都是关于这次大风降温的:什么广告牌被大风刮掉砸伤路人;什么降温造成感冒患者激增……凡此种种,都是令人沮丧的负面消息。令我万万没有想到的是,之后的一则新闻带给我的,就不仅仅是沮丧这么简单,而是彻头彻尾的震惊:中内自杀了,死亡的地点就是那套我曾经的旧居!

电视新闻很简短,但中内千夏这个名字和屏幕左下角的死者照片,让我看过一眼就确定无疑,她正是那个曾经情迷于我的、皮肤黝黑、相貌平平的日本女孩!电视画面上,几个警察正在拉起警戒线的一幢房子的前面来回忙碌。那房子我太熟悉了,正是当年惠子介绍给我的她亲戚位于稻城车站旁边的那幢二层的白色小楼。新闻称,女大学生中内千夏"今天早上被房东发现死于出租房内,初步判断系割腕自杀,具体原因仍在调查中",然后画面一闪而过,就进入了下一条交通肇事逃逸的新闻。

我愣住了。直到整点新闻结束,电视已经继续播出连续剧,我还呆呆地盯着屏幕。震惊让我脑子混乱不堪。我不停地喃喃自语:"不可能的,不可能跟我有关!她早已经从那场虚妄的感情中走出来了。"但我越是这样,心里却越是没底。我几乎是下意识地给佐佐木打去了电话,询问事件的详情。据佐佐木说,由于中内上个月的房租一直未交,这两天打电话也总是无人接听,所以他上午去出租房查看,结果发现中内在屋中割腕自杀了,于是他立即报了警。我说:"你之前没有发现什么异常吗?好端端的一个年轻人怎么就走了短路?"佐佐木说:"没发现异常啊,她一直就是这么个沉默寡言、不爱和人交流的女孩,房租两个月没交,我估计是经济上出了什么问题吧。"我有些心虚地说:"我心里挺不好受的,毕竟曾经教过她。"佐佐木说:"咦,我问过她,她说不认识你啊。对了,你知道吗?她是中国内蒙古人,随父母归化的,所以取名中内。她原名叫什么……她说起过,好像叫刘燕。老哥,哪有她这么干的?这房子是租的啊,血流得满地,以后这样的凶宅谁还愿意住啊。"

我随意应付几句,便木然地放下了电话。佐佐木的话,让我几乎在瞬间断定,中内千夏就是多次给我寄来包裹的"燕子"!我无法知道她轻生的真正理由,但却肯定她根本没有从自掘的爱情深井中走出来。"天啊!"我不禁叫出声来,"你为什么要这么傻啊?"想着中内在表面决绝的背后一系列为爱痴狂的行为,我内心几乎到了崩溃的境地。我知道她即便真是为我而死,我也没有任何道义上的责任,但心里依然充满了自责和刺痛。

桃香大概被我的叫声吓到了。她蹑手蹑脚地走到书房门口,像做错了事般怯生生地说:"爸爸,我没有犯傻啊。"我赶紧说:"桃香,没有说你,我是在说自己太傻。没事了,你去画画吧。"看着桃香转身走开的背影,我忽然想起上次她那幅忽然风格一转的怪画儿:被她称为"包裹"的大大小小的方块,底下那摊不知有意而为还是不小心洒上去的血一样的颜料……我简直不敢想,那幅画儿是对中内割腕自杀的准确预言?还只是我的牵强联想?

我心里充满了去跟桃香倾诉的欲望。过去我所有的秘密都会放心地说给桃香,甚至包括我入赘井上家只是因为在精神上暗恋像个女神似的惠子;我酒醉后去红灯区和妓女厮混……结婚初始我对她成为我人生累赘的厌恶之情……但自从惠子死后,一种日益明显的变化出现在桃香身上,这让我时不时总在怀疑,其实她并非一个智障的女人,而只是上帝派到我身边的灵魂侦探,负责将我内心一切不为人知的肮脏秘密记录在案。有时我甚至觉得她就是惠子的另一个化身,她的一举一动、一个眼神,都能让我看到昔日惠子那熟悉身影……

一切平衡都随着惠子的死去而被打破了。此刻,我无人可以倾诉,心中充满了绝望的孤独。

五十

在这场大风降温天气中,井上勉因感冒而病倒了。

已经到了11月中旬,天气明显有了寒意。但少年井上勉不知是在故意和自然叫板,还是为了炫耀自己挺拔健硕的身材,除了上学时不得已而穿校服外,平日几乎都是短裤、T恤、白球鞋,一副和夏日完全相同的休闲装扮。15号大风降温那天下午,井上勉放学回来后,照例脱去校服,换上一身短衣出门而去。当天中内自杀的消息让我心情倍感压抑沉重,从书房窗户里看着井上勉从庭院走向大门的身影,我心里居然冒起一丝阴毒的怨念:出门去死吧野种！都是你让一切变得无法清静。

此念刚一闪现，我却又一次因理性的自我审判而陷入了无法原谅的自责。户外大风正劲，庭院里的树木在风中剧烈摇摆，枝梢狂舞，落叶纷飞。井上勉身穿黑色短裤和橘红色 T 恤、头戴白色棒球帽、脚蹬白色运动鞋的背影，看上去健康、阳光、充满青春的活力，在一派萧瑟的秋色里，让人眼前为之一亮。我为自己刚才的阴暗和残忍深感罪恶。这样一个美好的生命，即便是某个十恶不赦的恶棍凌辱桃香的结果，他本人也是无辜的。何况他从降生那一刻起，就作为井上家的一员，与我朝夕相处了十多年。与我进入这个家族的动机相比，他其实远比我被动和单纯。事实上，在惠子死去之前，我虽然对这个只有自己知道其身世秘密的孩子并没有多少亲近感，但却一直对他如同对待一个无害的客人，从来没有过怨愤的情绪。十六年前的 2 月 26 日，井上勉在位于墨田区横纲二丁目的同爱纪念病院诞生。那天东京下了一场罕见的大雪，造成了全城的交通混乱。在送桃香去医院的路上，先是我因路滑而撞了车，后来好不容易叫急救车到了医院，桃香却因为大出血差点丧命……最终母子平安，我望着躺在桃香身边那个粉嘟嘟的小生命,内心对他的来临充满了感激。我在产房里给远在北京的父亲打了报喜的电话。一桩压得我喘不过气的人生责任,终于由命运神奇地代我完成了。

井上勉的意外到来,不仅彻底缓解了来自父亲传宗接代的压力,而且为我和桃香这桩一直被外人怀疑和猜忌的婚姻,充当了一件美化和修饰的绝好道具,让一切流言蜚语都因这枚"爱情的结晶"而销声匿迹。我本来就有些病态地迷恋孩童的纯洁和本真,加上井上勉从小长得如同天使,所以尽管没有血缘的亲密感,但我对他却一直怀有浓浓的欣赏的喜悦和疼爱。在我的想象中,他将承担我生活中缺位的所有角色,作为我父亲的孙子、我和桃香的儿子、惠子的外孙,相安无事地长大成人,平平安安地终其一生……一切本来都在按部就班的进行中,但惠子的猝然离世,却让这一切都突然打破了原来的秩序,变得混乱不堪。井上勉成为父亲的安慰,本来是我的初衷,但爷孙俩的日益亲密之举,居然让我从内心对这个一直相找相半相处的男孩不时闪过一丝阴毒的杀意。

15号晚上,井上勉回家时大概已经过了午夜。

当时我虽然早已上床,但心里因胡思乱想着中内自杀的事,久久都无法入睡。在呼啸的风声中,我听见井上勉开门进了院子。随着脚步声,我听见他发出一串剧烈的咳嗽,心里竟不由自主地生出一种卑鄙的小人之快。这丝快感让我压抑的情绪变得轻松起来。在朦胧睡意中,似乎听见外面的风声渐渐停息,代之而来的是悦耳的鸟鸣和繁花在枝头绽放的声音……我被桃香摇晃醒来时,天已经大亮了。依然在耳边回响的鸟鸣声,变成了窗外救护车的警报声。

"出什么事了?"我看着脸色慌乱的桃香,惊讶地问。

"快点起来爸爸,小勉生病了,发烧昏迷,救护车已经在门口了。"桃香一边说,一边忙着帮我拿来搭在椅背上的衣服。

我和桃香随救护车去了墨东病院。一路上看着剧烈咳嗽、呼吸困难的井上勉,我一边假意安慰神色慌乱的桃香,一边忍不住暗自窃喜地想:这个来历不明的孩子,会不会也是树上的一朵谎花,注定只是在我的生命里虚晃一招,然后不留痕迹地就此遁形?我故作焦虑地询问随车医生关于勉的病情,大夫却说:"感冒引发的急性肺炎,可能需要住院几天。"我听到此话时,心情极度复杂,好像既不是欣慰,也不完全是毒愿不遂的失望。

井上勉生病住院的一周,桃香的表现再一次让我心里暗自生疑。二十年的朝夕相处,桃香完全就像个孩子一样无忧无虑。她虽然会有情绪上的一时烦躁,但却从未有过长远的焦虑。但在勉住院期间,桃香却表现得像个心智完全正常的母亲一样,整日忧心忡忡。她坐在病床前的样子,总让我恍惚间觉得那不是桃香,而是无论女儿还是外孙生病时,都会焦虑不安地守在病榻前的惠子。16号当天我在井上勉被推进急诊室后,就万分好奇地问桃香:"你怎么发现小勉生病的?你真的会打电话叫救护车了?"但桃香却只是满脸焦虑,你问东她答西,不知道是记不清还是说不清在我睡觉期间,到底发生了什么事。井上勉病情稳定后,我也曾去问过他,他先是根本不爱搭理我的话茬儿,问得多了,才不耐烦地嚷道:"我怎么知道?我苏醒过来时,已经在救护车上了。"

井上勉因肺炎在东京住院一周,居然真的引发了蝴蝶效应:远在两千多公里之外的北京,妹妹罗文秀和妹夫佟小安因此离婚了!

我不知道井上勉就自己的病情在微信上给他爷爷做了怎样的描述,反正父亲连着三天打电话过来斥责我,说我半生都冷漠自私,当儿子没儿子的样,当老子没老子的样。"别忘了,这可是咱们老罗家的独苗啊。"每次电话教训我之后,父亲都会痛心疾首地发出这么一声感叹。上次父亲的表现早已经让我吓破了胆,我除了唯唯诺诺,连一句反驳的话都没有了。据后来妹妹告诉我,11月19日,他们一家三口照例周末去看望父母时,父亲刚给我打完电话,余怒未消,便又唠叨个没完,说能摊上这么个懂事的孙子是老罗家的造化,居然没人知道心疼云云。老头子本来是想夸赞井上勉如何心疼他这个爷爷,结果将买按摩椅那近十万的费用是自己所出的事说漏了嘴,由此引发了佟小安不满的牢骚。为此老爷子大发雷霆,表示自己将房屋抵押的贷款本来还想给孙女留出上大学的钱,现在一分也甭想了。看着父亲和丈夫吵得不可开交,妹妹本来是想假意数落丈夫几句以讨好父亲,结果怒火中烧的佟小安当众甩了她一个耳光:"离婚!一家傻×,我他妈早就跟你过够了。"

妹妹是21号去办的离婚手续。从民政局出来后,她给我打了一个电话。与上次通话时一直哭哭啼啼截然不同的是,罗文秀这一次口气竟平静得出奇,她说:"哥,这样也好,有孙子以后给他养老,我也算解脱了。"

五十一

对于我这样一个从小生活在中国西北乡下的人而言,东京永远都是没有冬天的南方。这座远离我童年之地的城市,即便已经进入了季节划分上的冬天,却也永远无法抵达我人生记忆之初那铭心刻骨的寒冷。童年中的冬天,寒冷仿佛会将一切封冻起来,有形和无形的万事万物都在寒冷中凝固,包括人的喜怒哀乐和悲欢离合,甚至包括时间。而东京的冬天依然是流动的、发展的,只是一切都放缓了速度而已。

长久以来,我总是在怀念童年的冬天。现在想想,其实是怀念记忆中的寒冷,怀念那份能将一切原封不动地变成一个永远瞬间的寒冷。如果身处那样的环境之下,我眼下所面临的所有烦恼和纠结,甚至满脑子令人疲倦的胡思乱想,都会被封冻在一个静止的瞬间。

11月29日星期二,早饭后我像往常一样出了门。这是一个晴朗的日子,阳光明媚,恍如初春。我穿过那条弧形弄堂,刚走到区福祉馆门前,又碰到附近幼稚园一群孩子在老师的带领下,手牵手地迎面走了过来。看着一个个戴着小黄帽、满脸稚气的孩子,我想起了井上勉小时候的样子,心里竟莫名掠过一丝凄凉的感觉。坐巴士到锦系町,转乘总武线开往三鹰站的快车,没想到电车快到御茶之水站时却停了下来。列车广播说是发生了人身事故,望大家耐心等候。铁路上所谓的"人身事故"多是卧轨自杀事件,根据尸体损坏程度,处理一般需要二三十分钟。日本人对此已经司空见惯,尽管是上班高峰期,人们看报的看报,玩手机的玩手机,就如同没有任何事情发生一样。我本来出门就有些晚,又碰上这样的倒霉事,上课迟到已经在所难免。我给新任系主任近藤发去短信,让他帮我调课或给学生代做说明。不料却收到这样的回复:上周发给您的邮件没有收到吗？我莫名其妙地打开邮箱，才发现未读邮件中确实有一封是21号以中文系名义发来的，邮件中措辞客气地表示我所教授的课程"因教学方向调整"而被取消。至于以后的安排，则"根据情况再定"……我明白，我最终还是被变相地从安藤为我争取来的位子上踢了出来。

我没有丝毫的沮丧，反倒像卸下了沉重的包袱一样感到浑身轻松。

停车半小时后，列车终于重新启动，很快就抵达了御茶之水站。我下了车，正打算去对面站台重新返回，拥挤的人群中却有人一边叫着"井上老师"，一边拍了一下我的肩膀。我回头看时，只见是青木刑事。好久不见，这个本来就肥胖低矮的警察似乎又横向长了一圈。"真巧！在这里碰到您了，我正有事相问。"青木一边寒暄，一边示意我随他离开人群，来到月台上一块稍微空旷的地方。

果然不出我的所料，青木询问的事是关于安藤的。他说过去安藤不是三天两头地往警署跑，就是一遍又一遍地给他打电话；不是询问古谷失踪案的进展，就是提供他对案件的各种看法和推断，烦得他一看到安藤就头疼。可最近好长一段时间了，这家伙冷不丁却没有了一点动静,反倒让他变得不适应起来。

"我最近给他打过几次电话,要么打不通,要么打通了却无人接听。安藤老师该不会是出什么事了吧?"青木一脸迷惑地说。

"他从学校辞职后去中国了。别说你的电话,他连我的电话都懒得接了。"我说。

"又去中国了?"青木显然吃了一惊,"暑假他不就一直在中国吗?回来我见过他两面,瘦得快没有人形了。这么下去不是找死吗?哎,安藤老师和古谷女士间有什么特别关系吗?他怎么会为找到一个非亲非故的人而到了几欲疯狂的地步?"

"安藤不是在找古谷,而是在找自己。"看着青木一头雾水的样子,我笑了笑道,"我以前和你一样困惑,一样苦口婆心地劝他,可是我现在已经放弃了。我们总劝别人不可一条胡同走到黑,只是我们不懂那条胡同对别人的意义。每个人选择的任何道路,不管值得不值得,其实都是最适合他的。或者说,其实人生根本就没有任何道路可供选择。"青木似乎听懂了,他笑着说:"就像减肥,好处我都明白,但那是别人的道路,对我而言减肥比死亡都痛苦。"

无花果落地的声响

和青木告别后，我却临时改变了直接回家的主意，而是坐中央线再转京王线，在稻城站下了车。一出站口，旧居的那幢小白楼就映入了眼帘。在初冬太阳的照耀下，那白色显得十分醒目。二十多年前我第一次从这个站口出来时，是一个阳光同样明媚的初春的上午。我跟在惠子身后，一个刚刚开启的全新的生活模式，让当时24岁的我充满兴奋和好奇。那天惠子身穿一套淡青色西服套装，外面搭一件酒红色羊绒披肩，尽管已经40出头，但看上去宛如一个30不到的少妇，优雅高贵又风姿绰约。她是我来日本的保人，更是我奔赴一种前程模糊的新生活的所有动力。尽管当时惠子的话我大半都听不懂，但从她嘴里说出来的日语不是语言，而是音乐，入耳便让我如痴如醉。惠子的身上散发着一缕淡淡的香味，让我如同置身于秋天的一棵桂花树下，被奇异的迷香所笼罩而感到一阵阵晕眩……

我在车站附近的一家花店里买了一大束鲜花，下了一道慢坡，然后穿过马路，来到了小白楼前。今天我不是来怀旧的，而是来祭奠那个分别叫作"中内千夏""燕子"和"刘燕"的女孩的。我虽然没有追寻她过去和我的交集之处，但我相信在自己十数年博客文章的留言或评论中,一定还有她留下的其他名字。我无法确定中内的自杀是否缘于我对她那份虚妄情感的否定,但我相信那份情感从某个缘由开始到无限放大,一定经历了一个漫长的过程。正是这漫长的不断积累,让虚无的情绪最终变成了真实而沉重的人生压力。

来到二楼走廊尽头的旧居前,从窗户里望进去,屋里空荡荡的,显然佐佐木还没有找到新的租客。我将那捧鲜花放在了门前,双手合十,喃喃自语道:"姑娘,你为之殉情的人不是我,而只是一个被你自己复活了的虚像。比起幻灭过程漫长而尖锐的痛苦,死亡也许是一个并不错的选择。"

我这样说着,不觉间一行冰凉的眼泪顺着脸颊流了下来。

我不由自主地又想起了惠子,既想起了那个一直神一样存在于我精神世界里的圣洁高贵的女人,也想起了在入殓师的手中被涂脂抹粉和盛装打扮的那具丑陋不堪的衰老的肉体。我不知道今天特意赶到这里来,到底是为了祭奠我其实一无所知的中内姑娘,还是祭奠自己忽然间陌生难辨的前半生……

五十二

11月底的时候,作为主要街树的法国梧桐,刚刚开始有落叶零星飘下,市役所就开始派人将树枝全部锯掉,只留下了满身斑痕、面目狰狞的主干。显得空旷了许多的城市主道,顿时加剧了人们对冬天已经到来的印象。旧中川沿岸的河津樱和染井吉野,早已经落光了叶子,曲折有致的枝干呈现出一种具有中国画焦墨效果的遒劲苍凉。岸边的苇丛枯黄了,河里的鱼儿遁形了,就连长期流连在水边的白鹭、野鸭和鱼鹰,数量也比以往明显减少了。

在这个冬天,我心里时不时会冒起自杀的冲动。生与死,似乎真的成了让我纠结的人生选择。

回想我的半世人生，真正面临的重大选择似乎只有两次：第一次是大学毕业的第二年，我因为受到了惠子来信的鼓励，不顾父亲以断绝父子关系相威胁，毅然放弃公务员职业，自费来日本开始留学生涯；第二次则是为了能接近惠子，我顶着被几乎所有人误解为贪图钱财而牺牲青春和爱情的压力，做了井上家的上门女婿……大二时第一眼看到惠子，她那张在一派褐黄的冬日里鲜花般娇艳的脸庞、潭水般深不见底的眸子，在我心底里留下了散发着圣光一样的鲜明印象。在那一刻，我觉得一个少年生硬的情绪中，被注入了一股温暖全身的暖流，越来越变得柔软和多情。但我不觉得自己是个义无反顾的人，如果没有后来来自惠子的鼓励，对她的印象也许只会成为记忆中一道亮丽的风景，我会在中国娶妻生子，过一种完全不同的人生。在这个意义上，所谓人生的重大选择，其实并不是选择，而是一切因素造成的必然。

我觉得自己开始迷恋死亡，我根本就不需要找自杀的借口，现实给了我太多的理由：桃香似乎变得越来越正常起来，她已不再是那个能让我放心倾诉烦恼的智障女人，而是附体的惠子，是一个掌握了我内心所有阴暗秘密的人,她那原本空洞无物的眼神,越来越像一面照妖镜,让我不敢直视;和父亲关系的日益疏远和冷漠,妹妹离婚所造成的亲情裂痕,都让我对井上勉充满了越来越深刻的仇恨,而理性却让我对自己的这种狭隘和残忍无时无刻不充满自责,这两种矛盾心理带来的心理压力几乎让我崩溃;出于现实的顾虑,《圣徒的眼泪》的写作已经彻底背离了初衷,小说中被我扭曲的主人公,让我对惠子本人的最初印象和共同生活中的真实感受都混杂在了一起,每一面都不再是古谷所说的"局部的真实",而是组合成了一个陌生的怪物,这种幻灭感时时让我痛苦不堪……

这段时间里,我总是会想起爷爷自杀的事。从我开始有记忆起,乡下爷爷家土楼上那两口黑漆棺材,就一直是生活中最醒目的符号。那里的村人们从来不避讳死亡,仿佛活着的所有目的都是在为奔赴死亡做着准备。我离开乡下的前一年,爷爷自杀了。他忍受不了病痛的折磨,于一个落雪的夜晚,自己沐浴净身,换好寿衣,然后喝下了一整瓶农药。他趁着意识尚未模糊,自己躺进了从中年时代就准备好的棺材里……奶奶抚摸着死去的爷爷,像是在抚摸一个刚出生的婴儿,眼神里那种无限的慈爱让我至今为之动容。我想象不出自己死后的情形,想象不出父母、妹妹、桃香和井上勉的反应,我甚至都无法预测他们内心真实的悲喜。我想起了惠子死亡时的情形,我目送她那具被华丽和服包裹的肉体在焚尸炉里被大火吞噬的瞬间,当时没有一丝的悲伤,我所能感受到的,只有强烈的陌生。

辞去公务员的职位而赴日留学,放弃正常婚姻而入赘井上家,其实都不是人生的选择,而是一种必然。因为当时没有任何纠结,没有任何犹豫。而现在面对生死,我却徘徊在一次又一次的反复中,总是难以付诸行动。这样的纠结让我不禁会产生怀疑,如果能预知今天的结果,我当初还会是那样义无反顾吗?

12月10日星期六,北京作家菲男又来东京了,我被毛燕北拉着陪同他去看镰仓大佛。游览完毕后,毛燕北安排了一家旅馆洗温泉。我说:"你们去洗吧,我最近有外伤,在外面喝酒等你们。"毛燕北对菲男开玩笑道:"那你自己去泡吧,这里要是混浴,我就陪你了。"等菲男进了男浴室,毛燕北对我说:"上次爬完富士山,大家泡温泉时,你就说你有外伤,今天又来这一套,你是不是有生理缺陷啊?"我说:"没错,我没有长老二。"毛燕北哈哈哈大笑起来:"你没老二,你家儿子是从石头缝里蹦出来的?走吧,我陪你喝酒,我才真的有外伤。"她边说边掀开衣领,果然后颈上有一道很深的伤痕。毛燕北得意的坏笑,让我对这隐秘的伤口有了几分猜测。但我没有情绪和她开这样的玩笑,而是说:"陪着喝酒可以,你千万别给我叨叨小说的事,我他妈都快自杀了。"毛燕北说:"×,你要有自杀的刚烈,也就不会写那么阳痿的小说了。"

那天下午,在温泉旅馆的酒吧里,我和毛燕北一边喝酒,一边等着菲男出来。从酒吧阔大的落地窗望出去,大街上到处是形形色色的游人。他们从酒吧的窗前走过时,会投来漫不经心的一瞥。不知何故,我在和游人们目光相逢的瞬间,都觉得他们的眼神中带有明显嘲笑的意味。冬阳普照,一道玻璃窗隔开了我和外界,也将时间分割为两个部分。室内的时光凝固成了静止的瞬间,而室外的时光则飞速流转,四季交替,朝代变迁,一切都在不断涌现,又不断消失。但在一派纷乱与恍惚之中,我却看见身穿华美和服的惠子,始终定格在窗外,眉目含笑地望着自己。她的笑意模棱两可,让我想起了常光寺那尊坐佛神秘的笑容……我被毛燕北和菲男的寒暄声惊醒过来,才发现窗外正有一个身穿和服的女人在缓步走过。那女人看上去已到耄耋之年,背驼腰弯,脸上厚厚的脂粉也难掩苍老的容颜。

　　回城的车上,我对毛燕北说:"今年冬至是21号,比去年早了一天。"毛燕北看了我一眼,一脸狐疑地说:"你一个丢三落四的人,能记住的日子,一定有什么特殊含义。"

　　惠子死了,是在去年冬至那一天。

2017年3月9日草成
2018年4月19日定稿